TURMA DA MÔNICA JOVEM

Dados Internacionais de Catalogação na Publicação (CIP)
Jéssica de Oliveira Molinari CRB-8/9852

Sousa, Maurício de
Turma da Mônica Jovem : luz, gatos e confusão! / Mauricio de Sousa. – São Paulo : Faro Editorial, 2022.
96 p. : il., color.

ISBN 978-65-5957-136-9

1. Literatura infantojuvenil I. Título

22-0841 CDD 028.5

Índices para catálogo sistemático:

1. Literatura infantojuvenil

Milkshakespeare é um selo da Faro Editorial

Diretor editorial
Pedro Almeida

Coordenação editorial
Carla Sacrato

1ª edição brasileira: 2022

Avenida Andrômeda, 885 – Sala 310
Alphaville – Barueri – SP – Brasil
CEP: 06473-000
www.faroeditorial.com.br

Estúdios Mauricio de Sousa apresentam

Presidente: Mauricio de Sousa

Diretoria: Alice Keico Takeda, Mauro Takeda e Sousa, Mônica S. e Sousa

Mauricio de Sousa é membro da Academia Paulista de Letras (APL)

Diretora Executiva
Alice Keico Takeda

Direção de Arte
Wagner Bonilla

Diretor de Licenciamento
Rodrigo Paiva

Coordenadora Comercial
Tatiane Comlosi

Analista Comercial
Alexandra Paulista

Editor
Sidney Gusman

Adaptação de Textos
Raphani Margiotta Viana Costa

Revisão
Daniela Gomes Furlan, Ivana Mello

Editor de Arte
Mauro Souza

Coordenação Administrativa do Estúdio
Irene Dellega, Maria A. Rabello

Produtora Editorial Jr.
Regiane Moreira

Capa
Fábio Valle

Designer Gráfico e Diagramação
Mariangela Saraiva Ferradás

Supervisão de Conteúdo
Marina T. e Sousa Cameron

Supervisão Geral
Mauricio de Sousa

MAURICIO DE SOUSA
EDITORA

Condomínio E-Business Park - Rua Werner V
Siemens, 111 - Prédio 19 – Espaço 01
Lapa de Baixo – São Paulo/SP
CEP: 05069-010 - TEL.: +55 11 3613-5000

www.turmadamonica.com.br

TURMA DA MÔNICA JOVEM

LUZ, GATOS, CONFUSÃO!

Ah, a adolescência...

Nossa série da Turma da Mônica Jovem continua bombando! Neste novo volume, também baseado na premiada série de TV dos personagens, os moradores mais famosos do bairro do Limoeiro vão encarar desafios de diferentes estilos.

Vai ter mistério, suspense e terror durante a filmagem de um curta-metragem na escola... à noite. Magali e Mônica se envolverão numa confusão daquelas, por causa de gatinhos fofos! E Quim vai precisar de muita força para enfrentar sua dificuldade de participar de competições.

Muita superação, bagunça, encrenca e diversão. Exatamente como toda adolescência! E sempre valorizando a amizade que une essa Turma.

Gatos e afins

Não é nada fácil refletir sobre a vida quando se tem apenas 16 anos. É por isso que Mônica decide ir à casa de Magali no sábado à tarde para pedir a opinião da amiga sobre a redação de filosofia, que havia consumido sua manhã inteira naquele dia.

Com os trabalhos da escola demandando cada vez mais, a menina quer se dedicar aos estudos para tirar boas notas. E como aquela redação ia ser lida em voz alta na segunda-feira, ela não queria fazer feio. Afinal, todo mundo ia ouvir, inclusive o Cebola. *Mas por que eu tô ligando pra isso?*

Despistando esses pensamentos, ela ouve de longe os miados ao chegar em frente à casa da Magali. *Como ela consegue estudar com tanto barulho?*, pergunta-se. Depois de tanto esquentar a cabeça, até que um pouco de distração com os gatinhos fofos da amiga ia fazer bem, pensa.

Ela toca a campainha. Dona Lina abre a porta, e depois de cumprimentá-la, aponta para o quarto da filha. Ao cruzar a sala, Mônica observa seu Carlito com a cara meio fechada sentado no sofá. Mônica o cumprimenta e segue direto para o quarto da Magali.

Depois de jogarem papo fora, Mônica pega a folha com o último rascunho que tinha feito e a estende para Magali, que lê o texto em silêncio, enquanto a amiga se distrai com os não poucos gatinhos que moram ali no quarto.

Apaixonada por gatos, Magali tem todo tipo de objeto com temas felinos: a colcha da cama, o relógio na parede, uma caneca e, claro, as capas de seus cadernos e as borrachas nas pontas de suas lapiseiras. É uma delas, aliás, que ela leva à boca ao ler, compenetrada, sentada à frente da sua escrivaninha, a redação de filosofia da amiga. Quando termina, ainda de costas, logo comenta:

– Mô, seu texto está ótimo. Por que está tão insegura assim? Mônica? – pergunta Magali, dando-se conta de que a amiga tinha ficado em silêncio o tempo todo. Nem parecia que estava brincando com seus gatinhos.

– Magá... Pode me ajudar? – pede Mônica, tentando se desvencilhar com cuidado dos gatos que tinham se amontoado em cima dela.

– Eita! *Pera*, deixa que eu pego eles aí – Magali se apressa em tirar os gatos de cima da amiga. – Venham aqui, Mostarda, Barriga, Mel, Quindim, Felícia e Ariovaldo!

Que a Magali é maluca por gatos, todo mundo sabe. Desde que ganhara Mingau na infância, a menina tinha se afeiçoado aos felinos de tal maneira que, de uns tempos para cá, não conseguia mais ver um gatinho abandonado na rua que pegava para cuidar. Não é à toa que o número de gatos em sua casa era tão grande. Naquela hora, a maioria estava em seu quarto, mais precisamente em cima da cama com Mônica, mas também em cima do armário, no cabideiro, no nicho, no tapete.

– Você não acha que tem muitos gatos no seu quarto, não? – pergunta Mônica, depois de ter sido "resgatada" da montanha de gatos que tinha se formado em cima dela.

– É que meu pai é alérgico – explica Magali. – Daí, eles têm que ficar aqui no meu quarto. Todos os quinze gatinhos.

– Quinze? – pergunta Mônica, assustada. – Eu contei catorze.

Magali franze o cenho, olhando ao redor.

– Ué, cadê o Pimpolho? – questiona ela, ao dar falta do gato.

Quase que instantaneamente, elas ouvem um grito vindo lá de fora e descobrem o paradeiro dele:

– Atchim! Atchim! Magali, tira esse bicho daqui! – grita enfurecido o pai da menina, lá da sala.

– Xiii – diz ela, enquanto corre para resgatar o gatinho perdido.

Na segunda-feira, na escola, Mônica está apreensiva, enquanto escuta Carmem terminar de ler sua redação lá na frente. Logo, logo chegaria a sua vez, e ela queria estar preparada.

– ...Virtude e sofrência, dor e emoção. Com compras no *shopping* é que se cura um coração – conclui Carmem, sorrindo em agradecimento à espera dos aplausos.

Os alunos batem palmas mais por educação do que por admiração. Titi, que é o próximo da fila, se posiciona lá na frente para ler seu texto.

– Aí, galera! Meu texto é sobre a musculação na pós-modernidade, sacou?

Alheia a tudo que está acontecendo na sala de aula, Magali digita freneticamente no celular. Ao perceber a aflição no rosto da amiga, Mônica sussurra para ela:

– Ei, Magá! O que aconteceu?

Antes de explicar a situação para a amiga, Magali responde a última mensagem do pai com uma carinha triste.

MAGALI: "Por favor, pai. :(:(:(."

PAI: "Sem conversa. Não é não."

MAGALI: :'/

– É que meu pai me deu um ultimato, Mô. Disse que eu preciso me livrar dos gatinhos. Ele só me deixou ficar com o Mingau e com a Aveia... – conta ela, arrasada.

– Então, você vai ter que dar os outros pra adoção – diz Mônica, assertiva.

– NÃO! – grita Magali, desesperada, esquecendo que a aula está rolando bem ali à sua frente.

O professor solta um pigarro e os alunos fixam os olhos nelas.

– Será que não podem ao menos disfarçar que não estão interessadas na aula? – diz o professor.

As duas sorriem sem graça e ficam em silêncio. Depois de alguns segundos, porém, retomam a conversa. Magali não se aguenta de tristeza. A urgência do que estava acontecendo não lhes permitia adiar a conversa.

– Mas, Magá...

– Será que você não entende? Só eu sei cuidar deles! Quem vai lembrar que o Barriga gosta de cafuné na pata esquerda, e não na barriga? Quem vai saber que a Filomena gosta de rolar na azeitona? – divaga Magali, enquanto traz à memória os bichanos em suas posições e brincadeiras favoritas.

– Então, você precisa arrumar um lugar mais amplo pra eles ficarem – sugere ela, tentando propor uma outra solução.

– Sem dinheiro? Como? Só se eu colocar os gatos pra trabalhar.

– Gato trabalhando? E isso lá existe? – pergunta Mônica, cética, levando as mãos à cintura.

– Deve existir... *Peraí*, que vou descobrir agora! – responde ela, pegando o celular para pesquisar. – Olha! Existe, sim! **NEKO CAFÉ!** – mais uma vez, Magali eleva o tom de voz.

– Tá zoando? – pergunta Mônica, sem acreditar.

– Mais um pio e vou pedir a vocês duas que se retirem da sala – diz o professor, incisivo.

As duas baixam a cabeça, mas Magali não contém a empolgação. Aquela era a solução perfeita! Ela estende o celular disfarçadamente para que Mônica leia a descrição do tal Café:

– "Neko Café é um tipo de cafeteria que existe no Japão, cheia de gatos. As pessoas vão lá e pagam uma taxa para ficar brincando com eles."

Na tela, Mônica vê uma foto de um gatinho no chão ao lado de uma pessoa que o acaricia, enquanto toma uma xícara de café.

– Já inventaram de tudo mesmo – comenta ela, totalmente abismada.

– Não é maravilhoso? – pergunta Magali.

Dessa vez, são os alunos que olham para trás de cara feia, pedindo silêncio. Lá na frente da classe, Titi faz poses de fisiculturista, enquanto lê sua redação. Mônica tinha até esquecido que depois dele, provavelmente, seria a sua vez.

– Quadríceps, deltoide, peitoral, oblíquo, panturrilha, glúteo!

– Do que será que ele está falando? – pergunta Mônica, completamente perdida. Então, voltando-se para Magali, ela emite sua opinião. – Não me leve a mal, Magá, mas acho que não vai funcionar. Só se os gatos fossem treinados pra isso e...

– Tá chamando meus gatinhos de mal-educados? Eles são muito profissionais! – afirma ela, contrariada.

– Mônica? – chama o professor Sérgio. – Sua vez de ler o texto.

A garota olha para o seu texto, depois para o professor e pensa numa desculpa. Ela ainda não se sente preparada para ler sua redação lá na frente.

– Ah, professor, então... É que eu acho que o meu texto ficou muito longo e já está quase no final da aula. Não vai dar tempo de ler tudo, sabe?

– Mônica, Mônica, você já deu essa mesma desculpa na aula passada...

Para o alívio da menina, o sinal toca bem na hora em que ele está falando.

– Tá bom. Na aula que vem, então, você me mostra.

Os alunos começam a sair. Magali junta os livros apressada e sai puxando Mônica pelo braço. Está na hora de colocar em ação o plano de manter os gatinhos com ela. Mônica mal consegue se despedir dos amigos.

– Uhuuuu! Tchau, professor! Vem, Mô! Vamos falar com o dono da lanchonete!

A menina sai tão afoita que nem repara em Quim dormindo na carteira ao lado. As duas vão direto para o Pipa's, a lanchonete mais badalada perto da escola. Enquanto espera Magali conversar com o proprietário lá dentro, Mônica, do lado de fora, aproveita para ler mais uma vez sua redação. *Ufa, foi por pouco que não apresentei hoje, mas na próxima aula não vai ter jeito. Vou ter que criar coragem. E cadê a Magali que não vem? O que será que tanto ela está falando para o seu Marcos?*

Como se tivesse lido seus pensamentos, Magali sai pela porta da frente da lanchonete e tenta enganar a amiga fazendo uma cara de desânimo, mas não contém o sorriso.

– E aí? – pergunta Mônica.

– Ele topou a ideia! Vamos trazer os quinze gatos pra ficarem aqui!

– Nossa, topou fácil assim? Mas... o que ele ganha com isso? – questiona Mônica, desconfiada.

– Ora, ganha muito! Expliquei para ele que esta é uma oportunidade única de aumentar seu faturamento e fidelizar clientes, ao implantar uma proposta de público-alvo, lucro, que engaja tanto os apaixonados por café quanto os fãs de gatinhos! – afirma ela dizendo exatamente o que tinha decorado. – Além, é claro, de duas garçonetes! *Tcharam*! Aqui está seu avental, *miga*. Vamos começar amanhã! Eu sabia que era uma proposta irresistível.

– O quê? – pergunta Mônica, em choque. – Agora está explicado.

Mônica olha incrédula para o avental que Magali estende em sua direção. Como ela não desconfiou que a amiga faria tudo que fosse preciso para manter seus gatinhos consigo, até mesmo colocar Mônica numa cilada, caso fosse necessário? Mas como estava com pena de Magali, ela assentiu. Afinal, amigo é para essas coisas, não é?

– A gente vai arrasar, amiga! – exclama Magali, dando um abraço apertado com aqueles olhos brilhando de felicidade, aos quais Mônica não conseguia resistir.

No dia seguinte, as duas chegam cedo, carregando todos os quinze gatinhos para dentro da lanchonete. Um pouco depois de as portas se abrirem para o público, vêm dois clientes que as duas conhecem bem. Franja e Marina estão conversando sobre o que vão pedir.

– E aí, o que você vai querer tomar hoje? – pergunta Franja à namorada.

– Hum... Acho que quero um *latte*.

Os dois olham para dentro e levam um susto ao perceberem que o café está cheio de gatos: nas mesas, nas prateleiras, no balcão, alguns brincando, outros descansando, outros fazendo companhia para alguns clientes.

– *Latte*? Acho que só tem miau... – brinca Franja.

Marina fica paralisada de medo. Ao contrário de Magali, ela tem pavor de gatos. Só de um felino chegar perto dela, a menina já fica nervosa. Quando está prestes a dar meia-volta para ir embora, porém, Magali se aproxima toda feliz, vestida com seu aventalzinho temático.

– É aqui mesmo. Podem entrar!

Ela constrange os dois a entrar e os encaminha para uma mesa. Marina vai arrastada, durinha de pavor. Mônica se aproxima para atendê-los.

– Aqui é um *Neko Café* agora. Peçam seus lanches e brinquem com gatinhos lindos! – explica ela, entregando o cardápio para os dois.

– Puxa, que da hora! Viu, Marina? É a chance de você perder o medo de gato! – exclama Franja um tanto empolgado.

Marina permanece imóvel, os olhos arregalados, petrificada como uma estátua na cadeira.

Jeremias é o próximo a chegar. Ele olha de um lado para o outro. Há gatos por todas as partes. Depois de escolher uma mesa **totalmente** "desocupada" – sem gente e sem gato –, ele se senta. Assim que o vê, Magali vai atendê-lo.

– Temos vitaminas, *milk-shakes*, sanduíches... – diz ela, estendendo o cardápio para o amigo. Mas, antes que Jeremias possa olhar, Magali toma o cardápio da mão dele e entrega outro que parece ser o principal: – E **este aqui** é o nosso cardápio de gatos. Com qual deles você vai querer brincar primeiro, hein?

– Ah... Gato? Não quero, não. Obrigado – responde ele, desconcertado.

– Ah, vai, pega um! – insiste ela. – Olha como o Barriga é fofo.

Jeremias olha a foto do gato malhado no cardápio, com várias opções de gatinhos. Afoita, Magali pega o bichano que estava ali por perto, põe sobre a mesa de Jeremias e sai.

Barriga então se deita de barriga para cima, bem na frente dele. Jeremias olha a cena e, entendendo que o gato quer receber carinho, faz um afago na barriga do animal. Para sua surpresa, porém, o bichano avança para cima dele na mesma hora e dá uma mordida em seu dedo, erguendo-se e pulando em cima dele para arranhá-lo. Jeremias dá um salto da mesa, com o gato agarrado a ele, e começa a gritar:

– Aaaahhh! Alguém tira este gato daqui!

Ao ver a confusão, Magali larga de qualquer jeito um pedido em cima do balcão e corre para acudi-lo.

– **NÃO TOCA NA BARRIGA DELE**! Você não leu as instruções?! A barriga é proibida! – ela, então, retira Barriga de cima do amigo com jeitinho e procura tentar acalmá-lo.

Jeremias volta para a mesa sem acreditar no que aconteceu. *Eu nem queria esse gato!* Dali a pouco, Magali insiste e deixa o gato com ele outra vez.

– Tenta de novo. E escolhe logo seu pedido – diz ela, afastando-se dali.

Jeremias olha para o bicho, meio confuso. Então, arrisca um carinho na pata direita. Para seu alívio, nada acontece. Depois, na orelha, na pata esquerda...

Até que Barriga, parecendo ter esquecido o incidente, se esfrega em Jeremias, como se retribuísse o carinho, ronronando. Jeremias sorri satisfeito. Até que o gatinho era fofo, eles só tinham tido um mal-entendido.

Enquanto isso, a duas mesas dali, Franja analisa atentamente o cardápio.

– Eu vou querer um *frapuccino* de caramelo e um pão na chapa – pede Franja, entregando o cardápio de volta para Mônica, que sai em direção ao balcão.

– F-Franja... T-tira isto de mim – sussurra Marina.

Quando Franja olha para o colo da menina, há uma gata bem ali. Marina fica extremamente apavorada, mal consegue se mexer.

– Olha só! Ela gostou de você.

– Aiii! Ela é toda molengaaa! – diz Marina aflita ao tentar tirar a gata.

– Belinha! Vem, coisinha linda da mamãe – chama Magali, ao ver de longe a expressão de pavor e aflição no rosto de Marina.

Quando Magali chega para tirar a gatinha do colo de Marina, a menina suspira de alívio. Pouco tempo depois, porém, três outros gatos pulam em cima dela.

– Você deve ter mel, Marina, não é possível. Eles todos gostam de você – diz Franja, divertindo-se com aquela situação.

Os gatos estão por toda parte: na mesa, no colo dela e tem até um em seu ombro, enrolado em seus longos cabelos. Como uma estátua cheia de pombos em cima, Marina não se mexe. Ela só consegue mover os lábios balbuciando umas poucas palavras:

– Franja, po-po-por-fa-vor! Vamos embora para outro lugar?

Franja se dá por vencido, ajuda a tirar os gatinhos de cima dela e os dois se levantam. Marina sai em disparada em direção à porta.

– Ei, espera! – diz Magali, indo atrás deles.

Mas é tarde demais. Mônica e Magali observam os dois indo embora.

– Puxa, perdemos mais dois clientes – lamenta Mônica, na porta da lanchonete.

– Tudo bem! Ela ainda volta, você vai ver. Gatos: ou você ama, ou está errado! – afirma Magali, otimista.

A lanchonete está movimentada, há gente entrando e saindo o tempo todo. Magali e Mônica nem veem a hora passar. Será que já era assim antes ou aquele movimento todo era por conta dos gatos? Elas não sabiam, mas até que, para o primeiro dia, apesar dos dois pequenos incidentes anteriores, estava tudo correndo bem. Pelo menos até agora...

Em outra mesa, um gatinho sem rabo anda para lá e para cá. Quem está sentada ali é Denise. Ao perceber o pitoco do gatinho, ela chama Magali para fazer uma reclamação.

– Magali, meu gato veio com defeito! Vou querer um bom desconto!

– Que preconceito, Denise! Ele é só um gatinho especial que merece muito amor!

O gato se esfrega em Denise, que faz cara de nojo:

– *Argh*!

Já Carmem filma as travessuras do gatinho que tinha escolhido. Banguela sai derrubando tudo que vê pela frente: primeiro o saleiro, depois os guardanapos, por pouco não derruba a mesa. A garota, porém, parece não se incomodar.

– *Awnnn*, que coisa mais fofa! – exclama a menina.

Ao ver aquele fuzuê, Magali corre até lá e chama a atenção do animal.

– Banguela!

– Deixa ele à vontade! Gato é assim mesmo! – comenta Carmem.

Assim que Carmem para de falar, Mônica chega com a conta. A menina havia consumido bastante – um *cappuccino* especial, uma cesta de torradas, um suco e ovos mexidos. *Depois dizem que sou eu que como muito*, pensa Magali ao ver o pedido da menina.

– Sua conta, Carmem – diz Mônica.

– Claro que não vou pagar, né? Esse bicho folgado derrubou tudo! Vocês não estão vendo? Eu não vou arcar com esse prejuízo – nega-se ela ao receber a conta à sua frente.

Em seguida, inacreditavelmente, a menina fecha a cara, levanta-se e vai embora, apesar de ter consumido tudo.

Magali e Mônica ficam sem reação.

– Como ela tem coragem de fazer isso? – as duas se entreolham. Nesse momento, entram mais clientes pela porta da lanchonete.

Finalmente, ele chegou, pensa Mônica ao ver Cebola entrando no café. Nos últimos dias, eles nem tiveram a chance de conversar muito. Os trabalhos da escola, as demandas dos amigos. E ela sentia falta disso, de ter um tempo com Cebola, seu... amigo.

Mas Mônica nem tem tempo de falar. Sua expres-são logo muda, ao ver que ele e Cascão aparecem acompanhados de ninguém mais, ninguém menos que... Floquinho! *Oh, não!* Mal entrou, o cachorro disparou pelo salão da lanchonete latindo alto e abanando o rabo.

– O quê? O Cebola trouxe o cachorro?!

Ao verem o cão, os gatos ficam com os pelos todos eriçados. Floquinho, por sua vez, se põe em estado de alerta. Já Mônica e Magali ficam atônitas e correm em direção à porta.

– Cebola! Cascão! Tirem esse cachorro daqui! – exige Mônica, transtornada, apontando para a saída.

– Como assim "tirar ele daqui"? Eu sempre trago o Floquinho pra tomar açaí comigo – questiona Cebola abaixando-se para acariciar Floquinho.

– É, mas agora as regras mudaram. Este aqui é um café de gatos!

– Que é isso, Mônica! Isso é discriminação! Inadmissível! – critica Cascão.

– Calma, gente! Sem *auê*! – diz Magali em tom baixo, tentando acalmar os ânimos. – Cebola, Cascão, por que vocês não ficam nas mesinhas lá fora? É arejado, é ensolarado, os bichinhos vão curtir!

– Ah, tá bom! Vamos! Vem, Floquinho! – chama Cebola. Mas quando ele olha para baixo, o cachorro que estava ali há poucos instantes, não está mais. – Cadê você, Floquinho?

Os olhos de Cebola – e não só os dele, mas também os de Mônica, Magali e Cascão – percorrem a lanchonete toda. Num canto, encontram Floquinho olhando fixamente para um gato acuado.

– Ninguém se mexe... – pede Magali, em estado de choque e um tanto aflita.

De olhos arregalados, os quatro não sabem o que fazer. Até porque já não dá mais tempo de fazer nada. Floquinho rosna e parte imediatamente para cima do gato. Este, por sua vez, dá um salto por cima dele e vai parar na cabeleira loira de Carmem, que cai ao chão. Furioso e muito agitado, Floquinho parte para outra investida e pula em cima da mesa, na tentativa de abocanhar o gato que estava com ela.

Pronto, está feita a confusão. Os gatos estão todos alvoroçados. De tão assustados, alguns pulam com as patas abertas no ar, de medo do cachorro. Cebola até tenta parar seu companheiro percorrendo a lanchonete atrás dele, mas já é tarde demais: Floquinho corre freneticamente atrás de todos os gatos.

Com tantas opções, o cão fica até perdido na hora de avançar em um deles. Já os felinos tentam escapar como podem, pulando nas mesas e derrubando tudo: lanches, sucos, celulares e o que estiver no caminho para fugirem da fúria canina.

Apavorada, Mônica não aguenta ver o *show* de horrores e fecha os olhos; Cascão tapa os ouvidos de tão alto o volume dos miados e latidos que ecoam por toda a loja. **Do Contra**, que até então parece alheio ao que está acontecendo, leva um susto quando sua taça de *milk-shake* é arremessada ao chão.

O *grand finale* ocorre quando, durante a perseguição, os gatos e o Floquinho saltam sobre a mesa de Denise e simplesmente fazem voar a tigela que estava em cima direto no rosto da menina, com leite, pelos e tudo mais que tinha direito.

Como que despertadas de um torpor, Mônica e Magali saem de um lado para o outro como baratas tontas, tentando conter o caos que havia se instalado. Agitando os braços, elas limpam, pedem desculpas e dão sorrisos sem graça aos poucos clientes que ainda estão sentados. A maioria já se encontra em pé pedindo para fechar a conta, e tentando dar um jeito de pagar e sair logo dali.

Enquanto Mônica se desculpa e tenta atender às mesas, Magali se concentra em pegar os gatos espalhados por toda a lanchonete.

– Tá tudo sob controle, pessoal! – arrisca dizer Magali, com uma voz forçadamente calma, que destoa por completo do que está diante de seus olhos. Mas suas palavras são logo desmentidas quando Mingau, logo ele, pula direto em seu rosto na tentativa de buscar na dona alguma segurança. Magali cai ao chão. Pelo visto, o sonho de manter os gatinhos consigo vai acabar bem ali, no momento de sua queda.

Depois da confusão, o silêncio. É noite e algumas horas já se passaram desde que o último cliente tinha deixado a lanchonete e ido embora. Magali e Mônica estão um caco – sujas, exaustas e pingando suor. Mônica se pergunta o que tinha sido pior: assistir àquele filme de terror ao vivo ou limpar toda a "cena do crime" depois.

A essa altura, os gatos já estão calmos e se encontram dormindo cada um em sua casinha. O lugar está vazio. Mais cedo, **Do Contra** tinha até se oferecido para ajudar na limpeza – o que Mônica tinha achado uma atitude superfofa – mas, com os ânimos à flor da pele, ela recusou. *Talvez eu devesse ter aceitado*, pensou depois, quando se deu conta do tamanho do trabalho que teria para limpar tudo.

– Ufa, hoje foi difícil. Mas é assim mesmo, né? Eu falei com as meninas e elas vão dar uma animada aqui amanhã. Vai bombar! – diz Magali, enquanto dá uma última varrida no chão, para tirar o excesso de pelo. As duas já haviam passado pano úmido pelo menos duas vezes. Era impressionante como Magali ainda tinha vigor de pensar no dia seguinte, depois de um dia daqueles.

Mônica aproveita aquela última gota de energia e, sentando-se em uma mesa, tenta terminar a redação de filosofia que durante o dia tinha ficado no esquecimento.

– Ai, eu não sabia que ia dar tanto trabalho.

– O quê? A lanchonete? Relaxa, deixa que eu termino aqui e foca em outra coisa.

– Não, não estou falando da lanchonete, não. Tô falando da redação de filosofia. Com essa confusão toda, ainda não consegui terminar de escrever – lamenta Mônica, suspirando de cansaço. – Acho que eu vou acabar tendo que faltar na próxima aula.

– Mô, fica tranquila, seu texto está incrível. Pensei até que já tinha terminado. Você é superinteligente, tenho certeza de que o professor vai adorar sua redação. Ainda mais depois das últimas que ele teve de ouvir... – completa Magali, dando um risinho.

Pensativa, Mônica apoia o queixo em uma das mãos, enquanto tenta terminar seu texto para tirar aquilo logo da cabeça. Até porque sabe-se lá o que mais poderia acontecer no dia seguinte, era melhor garantir...

Nada melhor que uma noite de sono e uma xícara de café para dar força depois de um dia cansativo. Ainda é cedo e, assim que Mônica chega, Magali a faz colocar o boné da promoção do dia (ela teve que inventar algo muito marqueteiro para convencer o dono da lanchonete a dar mais uma chance para seus gatinhos "lindos, maravilhosos, inofensivos e muito fofuchos".

Mal a lanchonete abre, as duas já estão servindo os clientes do lado de fora. Ao que parece, o tumulto do dia anterior tivera um efeito reverso – todo mundo queria ver os gatos do Café.

Ao som de uma música animada de fundo, Mônica e Magali recebem com entusiasmo os novos clientes que chegam e os encaminham para as mesas. É um novo dia e Mônica quer garantir que nada de ruim aconteça – de novo, não!

– Bom dia! Sejam bem-vindos ao Neko Café! Hoje, temos o dia especial do gato de boné! Peça um gato e ganhe um boné! – anuncia Mônica com um sorriso.

Depois de atender um casal, Mônica vê quando Jeremias chega e se senta a uma mesinha do lado de fora do estabelecimento.

– Oi, Jeremias! – cumprimenta Mônica, surpresa por ele estar de volta.

– Oi, Mônica! Tudo bem? Por favor, eu vou querer um *mocha latte*!

– É pra já!

– Ah! E pode trazer o Barriga também... – completa ele, um pouco constrangido.

Mônica assente e entra rapidamente na lanchonete para trazer o gato para o menino. *Não foi esse gato que arranhou o Jeremias todo ontem ou eu estou doida?* Em menos de dois minutos, ela volta com o Barriga e com o *mocha latte* pronto.

Está tudo indo bem até outro cliente inesperado chegar à lanchonete. Mônica não consegue disfarçar a surpresa e o embaraço quando o professor Sérgio surge e a cumprimenta.

– Bom dia, Mônica!

– P-professor Sérgio!

Ai, caramba. E agora? Como é que eu vou faltar na aula dele?, a menina pensa receosa, assim que o professor passa por ela e entra no Café.

– Que foi, Mônica? – pergunta Jeremias, ao ver o pavor no semblante da amiga.

– É que ele vai me perguntar da redação e ainda não terminei. – Mônica não tinha contado nem para a Magali, mas aquela era a terceira versão do texto que a amiga tinha lido no outro dia. E ela achava que ainda não estava boa.

– Relaxa, Mônica. Todo mundo sabe que você manda bem – responde Jeremias, tentando encorajá-la.

Mas a verdade é que aquilo deixava Mônica ainda mais ansiosa, justamente porque todos **esperavam** que ela sempre se saísse bem. E se dessa vez isso não acontecesse? E se a expectativa das pessoas

– por melhor que fosse – colocasse ainda mais pressão sobre ela? E se ela tivesse que aprender a não se importar com a opinião dos outros e parar de se cobrar tanto? Era muita coisa para pensar, e agora ela não tinha tempo. *Vamos, Mônica! O dever nos chama,* pensa a garota, voltando sua atenção para o trabalho.

Lá dentro, Magali vai até a mesa do professor Sérgio para atendê-lo.

– Bom dia, professor! – cumprimenta a menina.

– Tudo bem, Magali? Vim conhecer o seu café de gatos! Tá todo mundo falando.

Magali abre um sorriso, feliz da vida.

– Ah, claro! Fica à vontade! O que vai querer?

– Hum. Um cachorro-quente e uma limonada.

Magali vai a jato preparar o lanche do professor e logo volta com a bandeja para servi-lo.

– Aqui está! Tem *ketchup* e mostarda ali, se quiser.

– Ah, está bem, vou pegar. Eu adoro mostarda – diz ele, encaminhando-se para o balcão que Magali tinha indicado.

Aperta daqui, pressiona de lá, com uma ou duas mãos, de frente e de costas, e nada. A máquina de mostarda está dura feito pedra. Não sai nem um pinguinho do molho.

– Magali, isto aqui não tá funcionando! – exclama ele, ajeitando melhor os óculos e já suado de tanto fazer força.

– Opa! Deve estar emperrada. Vou resolver agora mesmo. Deixa comigo, professor!

Depois de um tempo tentando...

– Não é força, é jeito! – diz ela, sem graça. Magali mexe na máquina, aperta, mas também não sai. Ela ri de nervoso e pressiona mais. – Talvez um pouquinho de força... – A menina chega a ficar vermelha, mas nem força nem jeito desemperram a máquina.

E então, quando Magali já está prestes a explodir, quem explode é a máquina, que libera um bolo de pelos misturados com mostarda em cima do cachorro-quente do professor.

– O que é isso?! – pergunta ele, enojado, olhando para aquilo.

Magali abre a máquina de mostarda na mesma hora e investiga o que tem dentro.

– Essa, não!

A menina arregala os olhos e tira nada mais, nada menos que o Mostarda – não o condimento, mas o gato – de dentro de máquina. Todo lambuzado, ele sai pingando – agora, sim, o molho – ao chão.

– Ooohh! – exclamam todos, aterrorizados.

Na mesma hora, um novo escândalo começa. Os clientes se aproximam para ver de perto aquela cena bizarra. Alguns tiram o celular do bolso e começam a fotografar e filmar. Denise, a menina mais antenada da escola, pega o aparelho e faz uma *live* para mostrar em tempo real o que está acontecendo no Café.

Lá fora, Mônica leva um susto ao ouvir a gritaria do pessoal do lado de dentro e interrompe seu raciocínio – logo agora que ela teve uma ideia pra concluir sua redação. Ela então para suas anotações no bloquinho de pedidos e entra para saber o que está acontecendo.

– AAAAAAHHHHH! – grita Carmem aflita, vindo em sua direção.

– O que está acontecendo aqui? – pergunta Mônica ao entrar.

– Que nojo! Nojenta! – diz Carmem para ela, saindo logo em seguida.

– Nojenta, eu? – questiona Mônica, levando as mãos à cintura de raiva.

Enquanto Mônica se encaminha até Magali, Denise "narra" o caos.

– Genteee, que fiasco! Estava na cara que essa coisa de café pra gato ia ser a maior furada do século – diz Denise, que filma a si mesma fazendo cara de decepção em frente à câmera do celular e mostrando o gato cheio de mostarda em seguida.

Ao fundo, Magali explica o que houve com os olhos cheios d'água para Mônica.

– O Mostarda se enfiou não sei como na máquina de mostarda...

O desfecho não poderia ser outro. Quando vê a confusão que tinha se instalado no lugar, o dono do estabelecimento fica enfurecido. Sem dar uma palavra, ele olha muito sério para Magali e Mônica e aponta a saída. De fato, nada precisava ser dito: elas estavam no olho da rua.

Imediatamente, as duas recolhem os gatos e, em menos de quinze minutos, saem da lanchonete que agora está fechada. Desoladas, elas se sentam na sarjeta com as casinhas de gato ao seu redor e lamentam o fim do empreendimento promissor que Magali tinha idealizado.

– É, nossa carreira de garçonete acabou cedo – comenta Mônica.

– Ai, não... E agora? O que vou fazer com os gatos? – questiona-se Magali.

Mônica suspira.

– Magali, e se você doar... – começa a dizer a menina, mas Magali logo a interrompe:

– Nãoooo! Eu já falei! Ninguém sabe cuidar tão bem deles quanto eu! Cada um tem uma história...

Nessa hora, Magali fica com o olhar perdido como se estivesse revivendo cada encontro com seus queridos bichinhos:

– O Barriga, encontrei em uma noite fria de inverno. Estava chovendo e eu estava no meu quarto com o Mingau, quando ouvi um barulho na janela. Quando olhei, ele estava todo encharcado do lado de fora, implorando para entrar. A Felícia foi na volta da escola. Eu estava carregando um monte de livros pesados, quando notei um rabinho se mexendo dentro da lixeira e fiquei morrendo de pena. Ela estava remexendo o lixo à procura de comida. Estava morrendo de fome, tadinha! Cada gatinho que resgatei é um pedacinho do meu coração – completa a menina, com os olhos tremulantes, cheios de pesadas lágrimas.

– Ah, Magali... Que bonito – comenta Mônica, aproximando-se da amiga e escolhendo bem as palavras. – Tenho certeza de que os gatinhos são muito gratos pelo seu carinho. Você foi a tutora perfeita! Mas talvez seja a hora de deixar que eles encontrem lares definitivos, com famílias que cuidem deles com dedicação.

– Mas... Quem vai querer ficar com eles?

– Eu! – exclama Jeremias, um pouco tímido, aproximando-se. – Hã... Será que posso ficar com o fofo do Barriga?

– Sério? – pergunta Magali, surpresa.

– A gente se deu superbem. E descobri que ele adora carinho na pata esquerda.

Magali fica pensativa.

– Tá vendo só, Magali? Às vezes, é preciso entender que você fez o seu melhor! – exclama Mônica, com um sorriso no rosto. – No fim das contas, o Neko

Café serviu para apresentar o Barriga ao seu dono definitivo, alguém que vai cuidar muito bem dele. Não é, Jeremias? – pergunta Mônica, dando uma piscadela para ele.

– Com certeza. Vou, sim.

O primeiro passo para arranjar um lar para os lindos gatinhos de Magali havia sido dado. Agora faltavam apenas mais... catorze? Bem, mas isso não passa de um detalhe.

Depois de ajudar a amiga a levar os gatinhos para casa, Mônica corre para terminar de escrever sua redação. Seu coração estava livre para, enfim, concluir o texto que tinha lhe deixado com tanto receio.

Em casa, debruçada sobre sua escrivaninha, Mônica deixa as ideias fluírem no texto e enfim fica satisfeita com o que lê no papel. A redação estava, finalmente, pronta.

No dia seguinte, na sala de aula, ao ser chamada pelo professor, ela vai até a frente e lê sua redação diante de todos.

– Não sabemos o que se esconde atrás de cada curva da vida. A vida acontece e só cabe a nós prosseguir. Então, para que ansiedade? Basta seguir a nossa jornada sem olhar para trás, dar o melhor todos os dias, ouvir a nossa consciência e agir sempre com muito amor... Deixar ir é saber entregar ao vento, nos desapegar e confiar que coisas lindas estão por vir.

Suas palavras prendem a atenção de boa parte da turma – Cebola e **Do Contra** são dois que prestam atenção em cada palavra –, e ela fica contente. Ao terminar, Mônica olha para o professor, que não hesita em tecer um comentário:

– Muito bem, Mônica. Sabia que, depois de tanta demora, só poderia vir mesmo algo muito legal. Parabéns – elogia o professor. – Agora, o próximo...

Depois da aula, Jeremias aparece na porta da casa da Magali para buscar o Barriga, como eles tinham combinado. Depois de preencher o formulário de adoção que a menina havia preparado, ele o entrega de volta sorridente.

– Prontinho, Magali. Formulário preenchido.

Vendo que Magali está reticente, segurando Barriga em seus braços sem querer soltá-lo, Mônica estende a mão e pega o formulário.

– Muito bem... Nome, endereço, telefone... Tem telas de proteção em todas as janelas e histórico positivo com animais de estimação... – afirma Mônica depois de verificar na ficha. – Parabéns, Jeremias! O Barriga agora é seu – conclui ela, sorrindo.

Magali respira fundo e olha carinhosamente Barriga no fundo dos olhos.

– Obrigada por tudo que a gente viveu junto, Barriga. Agora, você vai ter uma casa nova, tá? E eu vou continuar amando você.

Ela beija docemente o focinho do animal e o entrega para Jeremias.

– Oi, Barriga! – diz o garoto, todo animado, ao segurar o bichano. – Ó, já preparei tudo pra você: caminha, vários brinquedinhos, ração vitaminada, erva-de-gato, e fiz uma assinatura de caixa de atividades pra gatos! – Magali e Mônica se entreolham surpresas. Jeremias se despede delas: – Valeu, Magali! Tchau, Mônica!

Ele se afasta com o gatinho. Mônica e Magali o observam indo embora.

– Que cara esquisito! – exclama Magali.

– Olha só quem está falando, né? A doida dos gatos – replica Mônica.

– Bom. Um já foi adotado. Agora só faltam vinte.

– Magali, não eram catorze?!

– É que nesse meio-tempo chegaram mais seis – admite ela, sem graça.

As duas entram na casa. Logo em seguida, a campainha toca. Magali estranha ao ver **Do Contra** através da janela e pede a Mônica para atender.

– Ai, Mô. Vê o que ele quer? – pede, já estirada no sofá, ainda abalada pela recente "separação".

– Oi, Mônica – cumprimenta **Do Contra**, surpreso. – Não sabia que você estava aqui. Vim saber com a Magali se rola de adotar um gatinho. O Jeremias me contou que ela está doando... Embora eu não goste de fazer o que todo mundo está fazendo, sua redação me mostrou que a gente nem sempre precisa nadar contra a maré, e que é legal seguir o coração às vezes, mesmo que seja para fazer algo "comum".

– Não tem nada de comum em adotar um gatinho, **Do Contra**. Na verdade, é uma atitude muito nobre. E não é todo mundo que está disposto a fazer isso – argumenta ela, dando um sorriso e, em seguida, explicando os trâmites para o garoto.

Minutos depois, ele sai de lá com um bichano e uma sensação boa. Mônica fecha a porta e sorri em silêncio. Mas logo corre para consolar a amiga, que a essa altura está aos prantos por ter conseguido doar mais um gato.

– Magá, não fica assim, vai. É para o bem deles. Além disso, você ainda tem a Mel, o Quindim, a Felícia, o Ariovaldo...

"Luz, Câmera, Cascão!

Sexta-feira à noite. A Turma está animada. O FESTIVAL DE CURTAS DO BAIRRO está bombando na internet e todo mundo quer gravar um vídeo para participar. É por isso que a galera se reúne na casa da Mônica para finalmente começar a gravar as cenas do roteiro que Magali tinha escrito.

Já está todo mundo lá. Ou melhor, quase todo mundo: Carmem, Denise, Magali, Mônica e Cebola batem papo sentados à mesa da sala e **Do Contra** lê uma revista no sofá, enquanto esperam Cascão che-gar para irem à escola gravar o vídeo. Eles tinham conseguido permissão da direção e precisavam estar lá no horário estipulado.

– Cadê o Cascão que não chega, hein? – pergunta Magali, impaciente.

Do lado de fora, alguém pula a mureta e invade o jardim em direção à porta. Mas como a conversa rola solta dentro da casa, o barulho é abafado e ninguém ouve nada.

– Olha só! Esse vídeo tá bombando, já tá em primeiro lugar! – comenta Mônica, com o *notebook* aberto exibindo um vídeo com quase quatro mil curtidas de uma pessoa ensopada depois de entrar numa banheira de uva.

– *Afe*, que tosqueira – critica Cebola. – Se todos os vídeos estiverem desse jeito, o **FESTIVAL DO BAIRRO** já tá no papo.

– Ai, tá mesmo! – concorda Denise. – Ainda mais que vou ser a atriz principal do nosso filme, né, *miga*? – completa ela, virando-se para Carmem, que está distraída mexendo no celular.

– Ué, *peraí!* Mas eu que ia ser a atriz principal! – exclama Carmem, despertando do torpor ao ouvir a última frase da amiga.

– Calma, gente. Todos os papéis da minha história são importantes. Vai ter espaço pra todo mundo brilhar – contemporiza Magali, distribuindo a cada um o roteiro do vídeo. – Aproveitem pra reler suas falas enquanto isso.

– *Aê*, eu queria brilhar o menos possível – contradiz **Do Contra**, folheando as páginas do roteiro sem muito entusiasmo.

– Mas, **DC**, só tem você de ator. Você vai ter que fazer o papel do mocinho – explica Magali dando um leve sorriso.

– Mocinho? *Afe!* Por que não posso ser o poste? – questiona ele.

Todos se entreolham.

– Chega de discussão, gente! *Bora* gravar o vídeo? – pergunta Cebola, levantando-se e apressando-se em direção à porta. – A gente só tem autorização pra filmar na escola até as 10h e... *Arrrgh!*

Ao abrir a porta e tentar sair, Cebola dá literalmente de cara com uma rede de fita adesiva transparente que estava esticada entre os batentes.

Ele fica todo colado embaixo da porta. É Mônica que vem ao seu socorro.

– Cebola!

A menina ajuda o amigo a sair daquela "armadilha", dando um empurrãozinho de leve para que ele conseguisse se desvencilhar, e fica indignada ao ver Cascão do lado de fora da casa às gargalhadas, apontando para o amigo.

– Ai, ai. A cara do Cebola foi a melhor! – exclama Cascão, se divertindo.

Mesmo naquela situação ridícula, Mônica não pôde deixar de observar como Cebola ficava um charme com aquela boina de cineasta. Era incrível ver que ele também estava descobrindo aptidões, gostos e um estilo que a fazia "viajar", às vezes. Vendo Cebola cada vez mais irritado, ela se interrompe e volta a se concentrar em ajudar o amigo a descolar todas aquelas fitas que estavam grudadas nele todo, dos pés à cabeça.

– Há, há, há! Que engraçadão. Se liga! – esbraveja Cebola. – Au, Mônica! Tira devagar!

Nessa hora, os outros, que não estavam entendendo nada, chegam assustados para ver o que está acontecendo.

– Ah, relaxa, galera! Já falei que só foi um teste pro nosso vídeo – diz ele, abraçando Mônica e Cebola e, em seguida, exibindo um monte de apetrechos de terror. – Olha só! Eu trouxe várias coisas legais pra gente usar. A gente podia *trollar* as pessoas na rua.

– Boa ideia! – exclama **Do Contra**, ao tirar de dentro da mala uma mão de borracha sangrando.

– Legal, Cascão. Mas não vamos precisar de nada disso. Eu sou o diretor e decido o que vamos fazer – afirma Cebola, arrancando o braço de borracha das mãos de **DC**.

– Por que você é o diretor? Eu também quero ser! É meu sonho! – argumenta Cascão imitando como se tirasse uns óculos com as mãos e olhando através deles de brincadeira.

– *Afe* – bufa Cebola, enquanto mexe nos dedos de Cascão, deixando-os na posição certa (dedos em "L", formando um retângulo) para imitar o enquadramento de cinema.

Logo depois, empurra os dedos do garoto na testa dele, de implicância.

– A gente já dividiu as tarefas! Quem mandou chegar atrasado? – pergunta Mônica.

– É, né? Fora que o Cebola é o único que tem uma boina e um megafone – completa Carmem.

Cascão bufa e cruza os braços, contrariado.

– Então, o que eu vou fazer?

Nesse momento, todos dão uma risadinha. Como Cascão tinha chegado por último, coube a ele ficar responsável por carregar os equipamentos e dar suporte ao diretor na hora da filmagem, como uma espécie de contrarregra.

Cascão não gosta muito da ideia, mas não tem muita escolha. A galera junta as coisas e segue em bando para a escola.

– Tá tranquilo aí, Cascão? – pergunta Cebola no meio do caminho, enquanto o amigo tenta se equilibrar carregando uma enorme mala com equipamentos e figurinos.

Quando eles já estão perto da escola, começa a trovejar. Os ventos estão mais frios, há muitas nuvens no céu, que por sua vez está bem escuro.

– Acho melhor a gente apertar o passo – sugere Mônica preocupada.

– Aqui não rola – responde Cascão, que pisa errado e acaba caindo de cara no chão com mala, vara de *boom*, mochila e tudo que tem direito.

Magali para e o espera, enquanto saboreia uma maçã para acalmar o estômago.

– Sabe, Magá? – começa a dizer Cascão ao se levantar. – Eu estava tendo umas ideias pra história. Saca só: começa com todo mundo fantasiado de salsicha. Daí, a gente descobre que é tudo o sonho de um cachorro... O que você acha?

– Meio absurdo, né? A nossa história é mais séria! Vai ter muito drama, romance e mistério – afirma ela, imaginando cada clima e pondo um ponto-final naquele assunto.

– Aaaaiiii, que chatice! – diz ele a si mesmo, seguindo-a a passos largos para fugir da chuva que ameaça a cair a qualquer momento.

Mais um pouco e eles se veem em frente à escola. É estranho ver aquilo tudo vazio e mergulhado na escuridão. Ainda mais numa noite como aquela. *Isso tá parecendo mais uma sexta-feira treze*, pensa Cascão consigo mesmo.

Sexta-feira treze ou não, a turma segue adiante e adentra o prédio totalmente vazio.

Será mesmo?

Ao abrirem a porta, um estrondo. Atrás deles, a chuva começa a cair forte e os trovões ficam mais altos. De repente, a claridade de um raio invade o corredor escuro atravessando uma das claraboias acima deles. Em fila indiana, todos avançam pelos corredores em meio ao breu, os sons de seus passos fazem um eco sinistro no ambiente.

– Ai. À noite, a escola é assustadora – diz Carmem, um tanto apavorada.

– É. Bem macabra mesmo – concorda Denise.

– Dizem que ela foi construída em cima de um cemitério de palhaços – explica Cascão, surgindo entre as duas para assustá-las.

– Para, Cascão. Isso é uma lenda tosca que, se não me engano, foi você mesmo que inventou – revida Denise, revirando os olhos.

O clima tenso é interrompido por Cebola, que passa por eles todo estiloso com sua boina gritando no megafone:

– *Bora*, pessoal! Sem zoeira agora! A gente já vai começar a filmar.

Logo atrás, Mônica vem focalizando com a câmera fotográfica os melhores ângulos do cenário. De fato, a escola à noite parecia o lugar perfeito para um curta de terror. Até que ela estava gostando daquela história de fazer cinema.

Mais à frente, eles entram em uma sala de aula qualquer para os últimos preparativos antes da gravação. Cada um se concentra como acha melhor: Carmem se senta em cima da mesa do professor e começa a ler o roteiro, enquanto Denise passa base no rosto dela; **DC** se senta em uma carteira e começa a folhear um caderno aleatório que parece ter sido esquecido ali; Cascão, entediado à espera de sua primeira tarefa, come uma maçã; e Magali se posiciona na frente da sala e inicia a leitura da primeira cena do roteiro. Ela se interrompe para dar as últimas instruções:

– Lembrando... Essa é aquela cena que o mocinho, Asimov Hernandez, conhece a detetive particular.

Mônica presta atenção na amiga e não repara que, um a um, Cebola enquadra todos os amigos entre os dedos indicadores e polegares em "L". Por último, para nela. Por um instante, ele foca naquele rosto, nos cabelos, nos olhos atentos, na boca... Enfim, em cada movimento da amiga. Mas quando Mônica vira de repente e sorri para ele, Cebola disfarça baixando as mãos rapidamente, sem graça. Os olhares dos dois se encontram, mas o garoto logo desvia e chama a atenção de todos:

– Preparados?

Na mesma hora, Magali acende a luz, Mônica vai para trás da câmera, Carmem e **Do Contra** se posicionam para começar a encenação.

– Vamos lá: luz, câmera...

Antes que Cebola possa terminar de falar e **DC** arrisque dizer sua primeira fala, Cascão faz um barulhão ao dar uma mordida na maçã.

– Nhac!

– Cascão! Morde mais baixo – esbraveja o diretor, retornando seu olhar à cena. – Ação!

– Prazer, senhor Asimov, eu sou a detetive Verônica Márcia. O que o traz aqui? – diz Carmem, pausadamente, estendendo a mão e cumprimentando **DC** na cena.

– É a minha namorada. Ela anda meio estranha – responde **DC**, bem devagar.

– Estranha, como?

– An-da-es-tra-nha... Hã... – diz **Do Contra**, vacilante. Ele então dá uma olhadela rápida para o roteiro.

– Meio torta? Há, há, há! – completa Cascão aos risos, interrompendo a cena. **DC** não se aguenta e também começa a rir da piada.

– **CORTA!** – grita Cebola no megafone, surgindo como um raio do lado dele.

– Foi mal! É que achei legal dar um toque de humor na cena – justifica-se o amigo.

– Cascão, quer saber... Faz um favor pra mim? Enche essa garrafa lá no bebedouro – pede Cebola, meio de mau humor, estendendo uma garrafinha d'água para ele.

– Sério? Mas tá quase cheia.

– Quanto mais cheia, melhor. Vai lá, vai...

Cascão resmunga, mas encaminha-se para fora da sala, em direção ao bebedouro que fica no corredor. Enquanto enche a garrafa no corredor mal-iluminado, ele se pergunta:

– *Afe.* Esse Cebola tá achando que é quem, hein? – de repente, ele ouve um barulho como se alguém apertasse uma corneta de palhaço. Sobressaltado, olha para o lado de onde veio o som, mas não vê ninguém. – Quem está aí?

A buzina ecoa outra vez, a luz de emergência do corredor pisca. Cascão então se apressa e entra de novo na sala onde estão filmando. Ele não vê, mas a luz que entra pela claraboia reflete a sombra de um palhaço fantasmagórico segurando uma corrente, lá no fim do corredor.

Ao abrir a porta da sala, Cascão dá de cara com Carmem estapeando o rosto de **Do Contra** em cena. Paralisado, o garoto mal pode esperar que aquela encenação acabe.

– Ok. Acho que você está falando a verdade. Pode ficar tranquilo. Vou descobrir em que sua namorada está envolvida – diz a menina, recolhendo a mão nada leve.

– Corta! – grita Cebola. **DC**, por sua vez, massageia o rosto aliviado por aquilo ter acabado... não fosse o Cebola continuar: – Tá quase lá! Vamos fazer só mais uma vez, com um pouquinho mais de paixão.

No outro canto da sala, Denise lê sua fala de novo antes de entrar em cena. Ela o faz, porém, como se estivesse na alfabetização.

– A-si-mov, meu-a-mor. Che-gou-a-ho-ra-de-u-nir-nos-sas-sa-li-vas.

– Denise. Eu escutei um negócio estranho lá fora. Tô achando que tem mais alguém aqui – sussurra Cascão ao lado dela.

– Não me atrapalha, Cascão! Tô decorando minhas falas, não está vendo? Estou quase lá. Aliás, estão ficando ótimas, você não acha?

Cascão pigarreia e se afasta. Ele espia a fresta da porta entreaberta e a fecha por precaução.

Acabadas as tomadas feitas em sala, o grupo vai para o ginásio para gravar as outras cenas. A primeira delas é de **Do Contra** e Denise, que aproximam o rosto um do outro para o beijo, fingindo estarem muito apaixonados.

– Isso. Mais paixão! – pede Cebola, vibrando por trás das câmeras, sentado em sua cadeira de diretor.

Já Cascão, não aguenta mais aquela melação toda.

– Velho, que beijo demorado – comenta Cascão com cara de nojo.

– Tá bom! Corta! – exclama Cebola. **Do Contra** e Denise se afastam, retomando o fôlego. – Estão indo bem, viu?

Enquanto filma, Mônica não consegue disfarçar o incômodo ao assistir à cena.

– Já deu esse beijo, né? – diz ela, de braços cruzados e com a cara fechada.

– Vamos fazer só mais uma vez, mas quero um tiquinho assim mais de paixão, misturado com um pinguinho de desconfiança.

– Ai, eu preciso de água! Nossa, me deu até calor – relata Denise.

– Cascão, vai lá pegar! – grita Cebola no megafone, esquecendo-se de que seu amigo e assistente estava bem do lado dele.

Cascão deixa o bastão de filmagem no chão e vai mais uma vez buscar água no bebedouro. Amedrontado, percorre o corredor escuro da escola olhando de um lado para o outro. *Nunca pensei que isto aqui era tão sinistro à noite.* Seus passos ecoam no silêncio.

De repente, ele tem a impressão de alguém passando por trás dele e fica todo arrepiado.

– E-e-ei?! Quem taí?! O-Oi?! – grita ele, olhando para todos os lados.

Então Cascão vê: no fundo do corredor, um vulto de um palhaço aterrorizante caminhando lentamente em sua direção.

– **AAAAAAHHHH!**

Cascão sai em disparada e entra na primeira porta que surge. Um outro grito ecoa.

– **AAAAAAHHHH!**

Carmem leva um susto ao dar de cara com o amigo entrando no banheiro feminino. No impulso, arranca um dos pares de sapatos e arremessa na cabeça dele. Cascão voa ao chão por causa do impacto. A essa altura, não há mais ninguém ali além deles dois.

– Cascão! Seu tarado! – xinga ela, surgindo na porta do banheiro.

– Foi mal, Carmem! É que eu vi um vulto bem aqui no corredor!

– Vulto é você! – vocifera ela.

Carmem então corre até o ginásio para contar o que tinha acontecido aos outros. Cascão vem em seguida para tentar se defender, mas em vão.

– Gente! O Cascão invadiu o banheiro feminino.

– Não! Não foi nada disso! É que tem uma parada estranha acontecendo aqui! – justifica-se ele.

– Tá, Cascão. Para de zoeira... A gente só tem mais uma hora pra terminar tudo – responde Cebola, sem lhe dar muita atenção.

– Estranha é essa sede que eu tô sentindo... Cadê minha água? – pergunta Denise, impaciente.

– Xi. Acho que larguei a garrafa lá – diz Cascão coçando o queixo, um tanto perdido –, mas vocês têm que acredi...

– Cara, não é possível! Fica aí o tempo todo causando e, quando a gente dá uma tarefa simples, você não faz? – pergunta Cebola, indignado.

Enquanto os dois discutem, uma sombra surge por trás da porta do ginásio. Alguém os espiona, mas eles nem se dão conta e continuam a brigar.

– Ou, ou! Calma aí! Pra começar, vocês não me deram tarefa nenhuma, **você** deu! E outra, **você** está querendo dizer que eu tô atrapalhando? – pergunta Cascão, sentindo-se ofendido.

Ele sai bufando e vai buscar a água outra vez.

– Cascão?!

– Quando eu lançar meu filme, vocês vão ver só! – diz Cascão enquanto adentra o corredor da escola outra vez.

De repente, ele tropeça em alguma coisa e vai parar ao chão.

– Ai! Quem foi o idiota que largou isso aqui, hein? – pergunta enfurecido, ao ver uma mochila abandonada no meio do caminho. – *Peraí*, se isso aqui não é nosso, então é de quem?

No ginásio, a turma continua a gravar as cenas do vídeo para concorrer ao festival. **Do Contra** está todo caracterizado. Ele veste um paletó preto e gravata-borboleta, usa bigodes de mentira e óculos redondos. Carmem e Denise dançam ao lado dele e os três finalizam uma coreografia do tipo cossaca. O clima é de descontração e eles nem imaginam o que está por vir.

– Corta! Valeu, pessoal! Vocês foram muito bem. Estamos avançando – afirma Cebola, todo animado.

– Bom, agora vai ser a cena da Stela Branca revelando pro Asimov que é uma marciana invasora de corpos e que, durante o beijo, ela implantou um *chip* no córtex da língua dele – dispara Magali com o roteiro nas mãos.

Mônica, por sua vez, está atenta à filmagem como um todo. Ela quer que o roteiro escrito pela amiga e dirigido por Cebola saia o mais perfeito possível. Não só para que eles se classifiquem no festival, mas também porque sempre gosta de tudo bem-feito. É por isso que, ao ver que ainda faltam muitas cenas para gravar, ela se aproxima por trás de Cebola e fala baixinho para não apavorar o pessoal.

– Cê, a gente só tem mais vinte minutos. Não vai dar pra filmar tudo. Nesse ritmo, o vídeo vai ficar sem final.

– E agora?

Enquanto os dois pensam e os outros se distraem com seus figurinos e próximas falas, todos ouvem um estrondo. Da escuridão, uma lata de lixo chega rolando na direção deles.

– O que é isso?! – Carmem é a primeira a perguntar.

– Gente, como esse negócio caiu e rolou até aqui sozinho? – questiona Mônica.

– Alguém derrubou, só pode ser – sugere Magali.

– Eu tô com medo... – confessa Carmem.

Agora não há mais dúvida: eles não estão sozinhos na escola. Cascão tinha saído aborrecido e ainda não tinha voltado. Será que tinha sido ele? Todos estão alarmados. Um pavor paira no ar. Cebola, porém, quebra o clima e caminha enfurecido em direção à porta do ginásio que dá para o corredor da escola.

– Foi o Cascão. É óbvio. Ele só veio aqui atrapalhar

– Aonde você vai? – pergunta Mônica, assustada.

– Ele precisa ouvir umas verdades! Cascão, cadê você? – vocifera Cebola adentrando o corredor a passos firmes.

Mônica, Magali, Carmem, **DC** e Denise seguem atrás dele aterrorizados. Seus olhos perscrutam cada parte do caminho. Ninguém tem coragem de arriscar a ficar por ali sozinho.

Pé ante pé, eles avançam pelo corredor, que parece ainda mais escuro. Os trovões continuam a ecoar lá fora e as luzes que entram pelas claraboias tornam as sombras ainda mais assustadoras. Cebola vai na frente, puxando o grupo.

– Acho que ele nem tá mais aqui – diz Mônica diante do breu e do vazio.

Quando chegam bem no meio do corredor, porém, todos têm a certeza de que alguém mais está presente. Lá no fundo, junto à porta da saída, uma figura se move e surge na pouca luz que entra no corredor macabro. Um palhaço com olhos como de vidro, o sorriso costurado e os cabelos vermelhos arrepiados se revela bem diante deles.

A maquiagem borrada e o nariz de palhaço achatado o deixam ainda mais assustador. Em uma das mãos, ele segura uma corrente. Todos levam um susto e ficam petrificados, sem conseguir se mexer.

– **AAAAAAHHHH!** – gritam em uníssono.

O palhaço começa a andar na direção deles a passos lentos, com uma risada macabra. Eles se agarram uns aos outros sem saber o que fazer. É Denise quem dá voz ao pensamento de todos:

– Ai, meu pai. Que troço é esse?

– Cascão, para com isso! Larga de ser besta – arrisca Cebola, ofegante. O palhaço parece não dar ouvidos e, pouco a pouco, vai se aproximando mais. A cada passo dele, eles recuam. – Não me faça ir aí tirar esse disfarce ridículo.

Mônica apoia uma das mãos no ombro do amigo e, olhando para trás, diz:

– Ô, Cebola. Acho que não é o Cascão, não.

– Claro que é!

– Então, quem é aquele ali? – pergunta Mônica apontando para a outra figura que acaba de surgir na penumbra e está parado na outra ponta do corredor atrás deles.

Cebola olha de rabo de olho e avista um segundo palhaço. Este, mais alto e mais magro, usa uma cartola e uma gravata de bolinhas envelhecidas. No lugar do sorriso, ele exibe dentes afiados e um olhar maligno, enquanto segura um enorme machado de madeira em uma das mãos.

– Cacilda! – exclama Cebola, incrédulo.

– Que irado! – brada **DC**, cheio de adrenalina.

O segundo palhaço dá um passo na direção deles. Quando dão por si, eles estão encurralados.

– **AAAAAAHHHH!** – gritam todos.

– CORRAM! – comanda Cebola.

O grupo entra em disparada na primeira sala que veem. Ao notar que **DC** está ficando para trás, ainda curtindo aquela cena de terror, Cebola puxa o amigo pela gola. Quando se certificam de que estão todos dentro da sala, eles fecham a porta e começam a arrastar em desespero mesas e carteiras para impedir a entrada dos palhaços fantasmagóricos. Com o coração ainda saindo pela boca, tentam entender o que tinham acabado de ver.

– O que era aquilo? – pergunta Cebola, incrédulo.

– A lenda, a lenda do palhaço! Dos palhaços! – gagueja Carmem, pálida de pavor.

– Calma, Carmem – diz Denise, sacudindo a amiga para que ela se acalmasse, porém sem sucesso...

– A lenda do palhaço era verdade... Dessa vez, não tem jeito: **A GENTE VAI MORRER!** – sentencia Carmem, em estado de choque.

– Não pode ser – diz Cebola.

– Vamos embora daqui, gente! – exige Magali.

– Tá. Vamos sair pela janela – sugere Mônica.

Mônica ergue a janela de vidro para abri-la. Ela dá um salto para trás quando, do nada, Cascão avança em sua direção tentando entrar.

– **AAHH!**

– Calma. Sou eu!

– Cascão?

– Ei, me ajuda aqui.

Cascão estende os braços para ela e Mônica o ajuda. Apavorada, Denise vem até ele:

– Cascão, aquela lenda que você inventou sobre os palhaços é verdade.

– Não é, não. Olha o que eu descobri! – Cascão abre a mochila que havia encontrado no meio do corredor e tira de dentro dela uma máscara de palhaço de filme de terror. Todos se aproximam para ver. – Eu encontrei esta mochila cheia de adereços de palhaço. Estão tentando pregar uma peça na gente!

Alienada a tudo aquilo, Carmem se balança para a frente e para trás, ainda em estado de choque, encolhida num canto da sala.

– A lenda do palhaço... A lenda do palhaço... A lenda do palhaço... – repete ela, baixinho, olhando para o nada.

– Então vamos lá pegar eles! – diz Cebola, impulsivo, já se encaminhando para a porta.

– *Pera!* Eu tenho uma ideia melhor – diz Cascão, com ar de mistério. – Mas vocês têm que fazer exatamente o que eu mandar.

Lá fora, os trovões e raios não dão trégua. Não muito longe dali, no ginásio, dois palhaços aterrorizantes dão gargalhadas olhando a tela de um celular. As imagens mostram a turma assustada correndo pelo corredor da escola e se trancando na sala de aula.

– Há, há, há! Eles caíram direitinho. Tô vendo que a gente vai ganhar fácil o festival de vídeos, cara! – diz um deles.

– O problema é que ficou meio escuro. Não dá pra ver direito! – observa o outro.

– Hmmm. Pode crer! E agora?

– Saca só, a luz aqui é melhor. Vamos atrair eles pra cá – sugere o palhaço com a boca costurada, verificando o espaço com o celular.

– Boa!

Mal acabaram de falar, uma voz rouca sussurra bem atrás deles:

– Cuidado... O maníaco do ensino médio voltou.

Quando eles olham, Carmem está pálida e com olheiras roxas, como se tivesse sido sufocada por algo ou **alguém**.

– Ei! Aconteceu alguma coisa? – pergunta o palhaço de dentes afiados.

Mas antes que ela responda, seu corpinho frágil desliza lentamente no ar até tombar no chão, desfalecendo. Seus olhos estão esbugalhados, como se estivesse... morta! Os palhaços se entreolham, desesperados.

– **AAAAAAHHHH!** – gritam eles.

Mas não para por aí. Quando olham para a porta do ginásio, o corpo do Cebola desliza da parte de vidro até desaparecer por trás da madeira. A porta se abre, um barulho invade o ginásio, fazendo um eco ensurdecedor. Um sujeito de capuz na cabeça, escondendo o rosto, entra segurando uma serra elétrica e rindo muito alto, avançando na direção deles. Atrás do intruso, os palhaços conseguem ver os corpos dos colegas estirados pelo corredor. Parecem estar todos mortos. Os palhaços tremem de medo.

– Mamãe!

Eles procuram uma rota de fuga, mas não encontram saída. O cara do capuz anda rapidamente e eles retrocedem até se desequilibrarem e caírem no chão. Agora, ele está bem perto. Com uma risada demoníaca, o sujeito se aproxima cada vez mais e abaixa a serra elétrica na direção deles. O som da ferramenta fica cada vez mais alto. *É o fim*, pensam.

– Por favor, seu maluco. Não faz isso – pede um deles, apavorado.

Os dois se põem de joelhos, implorando. Quando baixam a cabeça dando-se por vencidos, ouvem uma voz conhecida dizer ao fundo:

– **CORTA!** Há, há, há!

Os palhaços olham para cima e veem o sujeito tirar o capuz. Percebem também que a serra elétrica não é de verdade, mas, sim, improvisada com papel-alumínio em volta de um esquadro e caixa de papelão, e o som... O som, é claro, está vindo de um celular embutido nela. Não é que no escuro tudo fica bem mais aterrorizante?

– Cascão?

– Como ficou, Mô? – pergunta ele para Mônica, que está com a câmera posicionada no tripé filmando tudo do canto do local, e Cebola dirigindo ao lado dela.

– Ficou ótimo! Deu pra pegar tudo direitinho! – responde animada a garota.

– Agora, só falta saber quem são esses dois! – exclama Cascão, arrancando as duas máscaras de forma ágil.

– Titi! – diz Mônica, surpresa.

– Jeremias! – exclama Magali, que chega com os outros para ver quem eram os tais palhaços.

– Que palhaçada foi essa? – exige saber Mônica, sentindo-se indignada.

Titi e Jeremias se levantam, constrangidos, e tentam se explicar.

– A gente soube que vocês vinham fazer um vídeo pro festival. E o Titi deu a ideia de *trollar* vocês, pra deixar o vídeo mais legal.

– E quem *trollou* os *trolladores*?! – pergunta Cebola, mostrando o visor da câmera com a imagem gravada dos dois palhaços ajoelhados de frente para um Cascão irreconhecível de capuz e a tal serra elétrica em sua mão.

Dias depois, o elenco se reuniu para ver o resultado do festival. O vídeo deles – "O ataque da serra elétrica" – teve apenas 15 visualizações, muuuuito atrás de "Crazy Donuts – Banda Desconjuntados", que Xaveco e alguns amigos gravaram, com mais de 4 mil e quinhentas visualizações.

– Ai, eu não acredito que a gente ficou em último lugar. Eu atuei tão bem! Até me emocionei. *Hunf* – lamenta Denise, com lágrimas de crocodilo.

– Também, com esse filme maluco! – exclama Carmem, totalmente recuperada do susto que tivera durante as gravações.

– Ah, mas no fim até que foi divertido – pondera Cebola sorridente.

– Sim! Tudo graças ao *grand finale* do Cascão, nosso novo diretor! – revela Magali.

– Ué, cadê ele? – pergunta Mônica, pegando a boina de diretor de Cebola para entregar ao amigo.

– Tô aqui fora, gente! Vem aqui! – grita ele.

Quando Mônica, Magali, Denise, Carmem, Cebola e **Do Contra** se levantam para ir até lá, todos caem no chão espantados.

– Ai! – gritam em uníssono.

Lá de fora, eles só ouvem as gargalhadas do amigo, que tinha amarrado o cadarço de todos eles uns nos outros embaixo da mesa.

– Há, há, há! – exclama ele, surgindo pela janela.

Os seis se levantam esbravejando e devoram Cascão com os olhos. Quando os ânimos se acalmam e eles enfim conseguem desfazer os nós, Mônica percebe como é bom viver aventuras ao lado dos amigos. E como suas vidas estão, de fato, entrelaçadas.

Batalha de Quitutes

Não muito tempo depois, na mesma quadra da escola onde a Turma tinha presenciado todas aquelas cenas de terror – de brincadeira, é claro –, os meninos estão agora envolvidos em outro tipo de corrida. Não de filmes, desta vez, mas de futebol. É hora do intervalo e, de uns tempos para cá, Cascão, Quim e Cebola têm jogado bola todos os dias com os outros colegas.

Cascuda, Magali e Mônica ficam na torcida, cada uma gritando o nome do seu namorado, menos Mônica, é claro. *Afinal, ele é só meu amigo, mas que mal tem eu torcer por ele?*, questiona-se quando as meninas ficam brincando sobre ela e Cebola.

– Vai dizer que você não sente nadinha por ele?

– É claro que não. Venho torcer só para fazer companhia a vocês.

Neste dia específico, a arquibancada está lotada e as meninas compram o lanche às pressas, para conseguir um bom lugar para assistir ao jogo. Na quadra, Cascão, Cebola, Quim e Jeremias se posicionam para enfrentar o time da turma dos mais velhos. Na arquibancada, as meninas se preparam para encorajar e vibrar com eles.

O jogo começa. Embora meio desengonçado, Quim é o goleiro e Cascão, Cebola e Jeremias iniciam a partida tocando a bola e analisando o rival.

Cebola avança para o ataque, ganha velocidade e toca para Cascão. Ele recebe a bola e chuta direto para o gol: na trave! Na arquibancada, o público leva as mãos às cabeças.

– Uuuuhhhh! – exclama a torcida.

No meio dela, Cascuda grita:

– Vai, Cascão!

A bola volta para o jogo e eles se preocupam em posicionar a defesa. Cebola intercepta um passe e tenta impedir o contra-ataque. Mas um dos jogadores adversários vem e retoma a bola.

– *Bora,* Cebola! – grita uma voz doce na arquibancada. É Mônica, que se levanta e fica ao lado de Cascuda na torcida.

De repente, Magali se levanta por trás das amigas e grita furiosamente:

– **AAAHHH! VAI, QUIIIIIM! ACABA COM ELES!**

Quim fica apreensivo com a expectativa da namorada e com o ataque que está vindo em sua direção. Na defesa, Jeremias tenta tirar a bola com um carrinho, mas o adversário salta por cima e continua correndo a toda velocidade em direção ao gol.

Cascão e Cebola se posicionam para combatê-lo, mas os outros jogadores tocam a bola um para o outro com tanta habilidade, que eles acabam ficando para trás. A bola passa por cima de Cascão, que só vê quando o atacante, cheio de garra, entra na área e chuta com toda força.

– Ai, não – lamenta Quim, já prevendo um desastre.

Para sua própria surpresa, ele consegue espalmar a bola que chega como uma bomba.

– Boa, Quim! – vibra Magali.

Em uma fração de segundos, porém, a bola quica e, quando pula para agarrá-la outra vez, Quim cai com ela ao chão, mas esta escorrega por entre seus dedos e acaba passando por baixo de suas pernas.

– **GOOOOOLLL!** – grita a torcida adversária.

Os jogadores do outro time comemoram. Cascão e Cebola vêm consolar o amigo, que, depois do frango, fica visivelmente frustrado.

– Foi mal, galera – desculpa-se ele.

– Acontece, Quim – diz Cebola.

Sem ter noção do mico que o namorado havia acabado de pagar, Magali continua vibrando na arquibancada, como se nada tivesse acontecido.

– Vai, vai, vai, vai, vai, vai – repete ela, entusiasmada.

Quim fita o chão, envergonhado. O sinal toca e todos saem do ginásio comentando o frango que o goleiro havia tomado.

Depois do jogo, no corredor da escola, o menino desabafa com Magali:

– Ai, Magali... Por que eu sou assim? – questiona ele, carregando a mochila, todo cabisbaixo.

– Ah, relaxa, Quinzinho! Futebol é difícil mesmo – ameniza ela, fazendo de tudo para animar o namorado. – E olha ali! O Titi voltou de viagem hoje. Agora você não vai precisar mais jogar no lugar dele! – completa, apontando para o amigo recém-chegado e rodeado de pessoas lá no fim do corredor.

– É... ainda bem. Não gosto de competir. Sempre tem alguém melhor que eu.

– Quim, nana-nina-não! Não fala isso! Você sabe que, na cozinha, ninguém o supera! Você é o melhor cozinheiro que existe – diz Magali, abraçando-o.

– É verdade. Falando nisso, você me ajuda com as compras pra festa da Carmem? Ela aumentou a lista de convidados de novo – pede ele.

– *Afe!* Essa menina é muito exagerada. Mas é claro que ajudo!

De repente, o corredor fica lotado de gente. Forma-se uma roda e Magali e Quim olham para descobrir o que está acontecendo. Eles se enfiam no meio das pessoas para averiguar.

– O que tá rolando? – pergunta Quim.

Quando chegam ao meio da roda, Quim e Magali veem que Titi está distribuindo uns quitutes para os colegas. Ele segura uma cesta cheia de guloseimas.

– Ai, me colore que eu tô bege! Titi, que coisa maravilhosa! – exclama Denise ao provar uma delas.

Além de Denise, Carmem e Marina se deliciam com os doces, enquanto balbuciam "Hummm, que delícia", "Nossa, que demais!", "Puxa, que doce é esse?". Quando Quim se aproxima, Titi o vê e sorri para ele.

– E aí, Quim? Vai um docinho francês? – oferece feliz o garoto.

Magali e Quim olham para a cesta. De fato, os doces estão com uma aparência ótima. Com água na boca e brilho nos olhos, Magali nem espera Quim responder para se adiantar e pegar um doce.

– Eu aceito! – exclama ela, estendendo a mão.

Quim também aceita e pega um para provar.

– É bom mesmo, hein! – admite o menino. – Comprou lá em Paris?

– Comprei, nada. Eu que fiz! – gaba-se Titi.

Magali arregala os olhos.

– Você que fez? É sério isso? – pergunta ela, com a boca cheia.

– É. Fiz um curso de gastronomia *express* na viagem. Até que deu pra aprender algumas coisinhas – explica, todo vaidoso.

Quim fica surpreso. Como se não bastasse ele não ser bom no futebol, agora também não era mais *o único* bom na cozinha. Mas o que isso importa? Tem espaço para todo mundo. Embora pense assim, Quim é invadido por uma certa insegurança. E se ninguém ligar mais para os doces dele?

– Titizinho. Vou falar, hein? Seus dotes culinários são demais! – elogia Carmem, enquanto Quim tinha esses pensamentos. Com uma das mãos na cintura e outra segurando um *macaron*, a garota desfila entre eles dando leves mordiscadas no doce, quando tem uma ideia: – Aliás, bem que você podia fazer as comidas da minha festa, né? – sugere com um sorriso no rosto.

– Mas... Carmem! A gente tinha combinado que eu ia fazer a comida da sua festa! Esqueceu?! – diz Quim, arrasado.

– Ah, é verdade, né? Eu tinha esquecido – responde ela, com desdém. – Mas sabe o que é? Acho que a cozinha do Titi é mais a minha cara. Paris, ah, minha bela *Parris!*

A menina morde mais um pedacinho do *macaron* esculpido em massa americana e aquele sabor a transporta para um lugar a muitos e muitos quilômetros dali, para ser exato, a Champs-Élysées. A viagem de férias que tinha feito para a França com seus pais, anos atrás, tinha sido inesquecível. Sobretudo, gastronomicamente. E era incrível como aquele *macaron* a fazia se lembrar disso.

– São coisas bem mais sofisticadas, entende?

– E quem disse que eu também não sei fazer coisas sofisticadas? – pergunta Quim, já bem vermelho de raiva, apertando o olhar na garota.

– Ah, sabe? – pergunta a menina, encarando-o.

Quim reafirma com mais ímpeto ainda.

– **Sei!**

– Hum. Então vamos fazer o seguinte: vocês dois me preparam uma degustação e eu escolho quem vai cozinhar na minha festa. Topam? – pergunta ela, apontando o dedo para Quim e Titi.

– *Peraí*, mas quem disse que eu quero cozinhar na sua festa? – pergunta Titi, um pouco perdido naquela conversa toda.

– Aaii, que pena! Porque eu ia pagar... – ela então se aproxima do garoto e cochicha um valor no ouvido dele – ... reais.

Os olhos do Titi se iluminam ao ouvir a quantia.

– Uou! Eu topo!

– Eu também! – diz Quim.

Mesmo sem querer, Quim se vê novamente em uma competição. Nesse momento, Titi o encara não como seu amigo, mas como um adversário. O garoto retribui o olhar provocador.

– Amanhã, quero provar a melhor comida de festa da minha vida, hein? Portanto, caprichem! – ordena Carmem, dando as costas para os dois e desfilando pelo corredor toda orgulhosa. Agora, além do próprio evento da sua festa, a menina tinha acabado de criar o **evento do evento** da sua festa. *Sou ou não sou mesmo muito popular?*, gaba-se consigo mesma.

Pronto, o desafio está feito! Agora, quem será que vai ganhar?

A multidão se dispersa. Titi sai de perto deles com a cesta já completamente vazia. Quim, por sua, vez, fica ali parado, visivelmente transtornado. No que tinha se metido? Por que algo que até então estava certo, agora ele precisaria batalhar para conquistar? As dúvidas e a indignação estavam estampadas em seu rosto. Ao perceber o desconforto do namorado, Magali engole o último pedaço de doce e tenta conversar com ele.

– Quim, você não precisa provar nada pra ninguém! Por que aceitou? Você nunca fez esse tipo de comida metida a besta.

– Chegou a hora de aprender! – responde ele, com fogo nos olhos. – Uma coisa é perder num jogo de futebol, que nem é a minha praia, outra é ser desafiado em algo que fiz a vida inteira.

Naquela mesma tarde, Quim compra o *best-seller Comida Gourmet tipo Metida a Besta* e vai para casa testar algumas receitas do livro para se inspirar. Como uma boa provadora de pratos, ou melhor, namorada, Magali ficaria na cozinha com ele para dar um apoio.

Quim abre o livro e escolhe uma receita. Ele quebra um ovo numa tigela, acende o fogo e põe uma frigideira com azeite nele. Até aí, nada de excepcional. Mas ao ler que precisa pegar o acendedor e flambar o azeite, Quim começa a ter dificuldade. O fogo sobe mais que o esperado e ele quase põe fogo na cozinha.

– **AAAAHHHH!**

Para evitar um incêndio, ele pega um extintor e apaga tudo de uma vez. A cozinha fica toda enfumaçada. Magali chega bem na hora, com umas sacolas de mercado na mão.

– Ufa! Voltei!

– Comprou tudo o que pedi? – pergunta ele, indo ver o que há dentro da sacola. – Não achou o *ris-de-veau*? Nem o *sucre vanillé*? Nem as *fraises des bois*?

– Não... Acho que o seu Zé da venda não entendeu meu francês. Ficou meio ofendido quando eu fiz biquinho – justifica-se ela.

– Tudo bem. O livro diz que dá pra fazer alta gastronomia com ingredientes do dia a dia – diz ele, voltando a cozinhar.

Magali se distrai no celular e o deixa "fazer sua arte". Ela se sente importante naquele processo, demonstrando companheirismo e prontidão. Alguns minutos depois, Quim serve um prato sobre a mesa e lhe diz, admirado:

– *Voilà*! Meu primeiro prato *gourmet*.

Magali tenta disfarçar a desconfiança. Pela aparência do prato, aquilo não passava de...

– Pão com ovo? – pergunta ela, pegando e mordendo o sanduíche com um palito de azeitona em cima, sem se impressionar. – Tem certeza de que isto é alta-gastronomia?

– Sei lá. Essa tal de cozinha chique é difícil de entender! Eu vou estudar mais – afirma Quim, preocupado, voltando a folhear o livro.

– Você vai conseguir, Quim! Eu tenho certeza! – incentiva Magali.

Mais animado, o cozinheiro pega o celular e tenta procurar outras receitas. Pesquisa daqui, clica de lá, até que ele encontra um canal de "receitas chiques de doer" e começa a preparar um novo prato. A essa altura, Magali já está dormindo apoiada na bancada.

Quim separa os primeiros ingredientes: farinha de trigo, ovos, açúcar, leite e essência de baunilha. Junta tudo na batedeira e bate até formar uma massa homogênea. Em seguida, unta a frigideira com azeite outra vez e joga a mistura na panela. Na hora de flambar, porém (por que quase todas as receitas tinham que ter isso, afinal?), a panela pega fogo de novo. Uma chama alta se levanta e Magali acorda extremamente assustada.

– O quê? Aahh! Incêndio! – grita ela, correndo para buscar uma mangueira d'água para apagar o fogo.

– Calma! É que a receita fala pra colocar fogo na comida – diz Quim, retirando a frigideira do fogão e servindo o conteúdo em um prato. Magali se aproxima e vê uma espécie de panqueca amarelada com um molho e lascas de laranja em cima. – Prova! É crepe Suzette. Um doce flambado com laranja.

Um tanto cética, a menina pega um pouco do crepe com o garfo e leva à boca. Ela estava achando toda aquela competição uma loucura, mas não podia deixar de apoiar o namorado naquele momento tão importante. Além disso, vamos combinar que provar comidas novas era com ela mesma, né?

– Hummm. Está uma delícia! – exclama Magali, bastante surpresa.

– *Yeahh!* Consegui – comemora ele. – Quero só ver o Titi me vencer naquela degustação...

No dia seguinte, na escola, qual foi a surpresa da Turma ao descobrir que Carmem tinha organizado – com a ajuda de Denise, é claro – um concurso de gastronomia (parecido com aqueles da tevê) para escolher o cozinheiro vencedor.

Quando Mônica, Cebola e Cascão chegam, todo mundo já está na arquibancada da quadra, só aguardando para saber o que Quim e Titi iriam preparar. A notícia da competição havia se espalhado rápido pela escola e os estudantes estavam na expectativa de saborear alguma coisa diferente e também bastante saborosa.

É Denise quem apresenta o "concurso" e os dois competidores ansiosos:

– Bem-vindos à batalha de quitutes! O concurso que vai escolher o cozinheiro da festa da Carmem!

Na quadra, todos se surpreendem ao ver que foram montados dois balcões com fogão *cooktop*, e Quim e Titi estão posicionados atrás deles usando seus respectivos aventais. Ambos prontos para dar início aos seus pratos.

Magali chega esbaforida e se aproxima de Mônica, Cebola e Cascão.

– Caramba, a Carmem transformou essa competição boba numa superprodução, hein? Precisava disso tudo? – pergunta a menina, surpresa.

– Você esperava menos? – responde Cebola, sem se impressionar com nada daquilo.

– O importante agora é a gente torcer pro Quim! – completa Mônica.

Denise pega o microfone e se posiciona no meio da quadra. Sentindo-se uma verdadeira apresentadora de *reality show*, ela inicia sua apresentação fazendo caras e bocas.

– E com vocês, a dona dessa festa toda! A futura aniversariante poderosa que vai condecorar aquele que vai ter a honra de cozinhar em sua festa. Carmem! – conclui Denise, com a voz estridente e cheia de muita empolgação.

Carmem surge toda pomposa sob a luz de um holofote. Ela entra dando um tchauzinho, como se fosse uma *Miss* Universo, e se posiciona atrás de um púlpito em que está escrito seu nome. O público vibra e aplaude. Do lado dela, há um imenso relógio para marcar o tempo de preparo, como se eles estivessem mesmo participando de um verdadeiro programa de culinária *gourmet*.

O ginásio está lotado. Denise olha para o público e interage com ele:

– Que plateia bonita! Mas se vocês vieram pra comer, podem esquecer. Só a Carmem vai provar os pratos. Seus mortos de fome – diz Denise, sem fazer a menor cerimônia.

– Aaahh... – lamenta o público.

Nessa hora, metade das pessoas se levanta e vai embora. Cascão ameaça sair também, mas Cebola o segura firme.

– Pô, cara, a gente tem que ficar aqui pra apoiar nosso amigo.

Ao ouvir isso, Mônica olha de rabo de olho para Cebola e fica cheia de orgulho por sua atitude. Quando ele se vira em sua direção, ela disfarça e volta a focar sua atenção na competição que está prestes a começar.

– Vamos às regras. Cada um dos cozinheiros vai preparar e apresentar três pratos. Um salgadinho, um docinho e o bolo de aniversário! – explica Denise, acionando o temporizador ao lado de Carmem. – Vocês têm quinze minutos para finalizar o primeiro prato... Valendo!

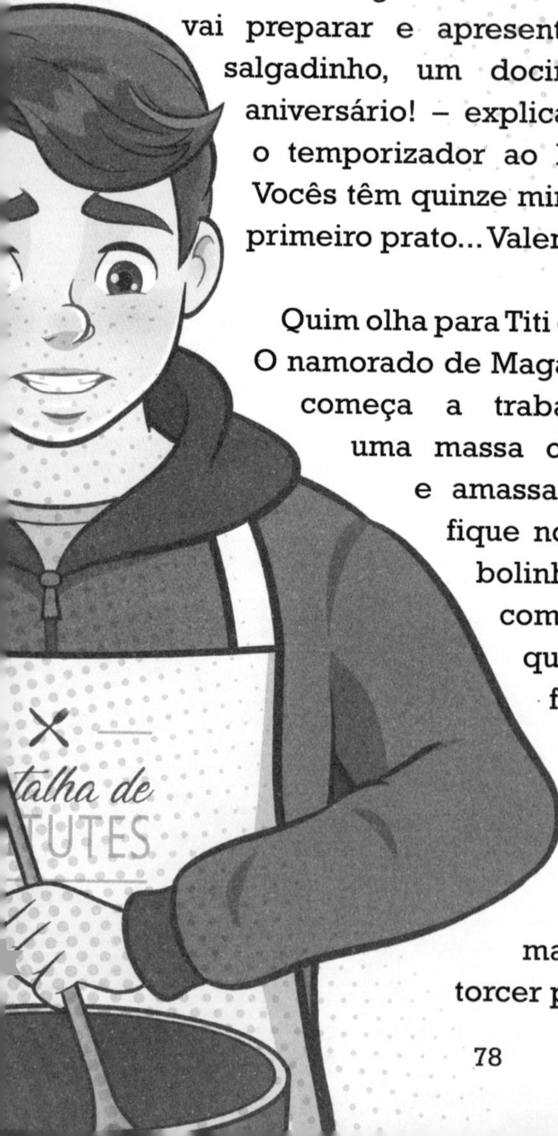

Quim olha para Titi e os dois se encaram. O namorado de Magali engole em seco e começa a trabalhar. Ele prepara uma massa com farinha e leite e amassa a mistura até que fique no ponto para formar bolinhas. Então, recheia com quadradinhos de queijo *brie* e põe no forno, enquanto apura uma geleia de damasco no fogo para jogar por cima depois. Na arquibancada, a turma se levanta para torcer por ele.

– Vai, Quim! – gritam entusiasmados Magali, Cascão, Mônica e Cebola.

Ao contrário de Quim, Titi demonstra bastante confiança ao preparar sua receita. Com agilidade, ele põe minimorangas para assar no forno, enquanto pica pimenta-biquinho na tábua com destreza. Então prepara um molho ragu na panela, e, por fim, recheia as minimorangas. Ambos finalizam bem na hora que o relógio dispara.

– Tempo esgotado! Tragam os pratos! – ordena Denise, impaciente.

Quim leva a bandeja com os salgadinhos de queijo *brie* e Titi, as morangas. Os dois se encaminham até a jurada.

Na arquibancada, Magali se agarra em Mônica com força.

– Magali, assim você me machuca! Fica calma, por favor! – diz Mônica, toda imprensada por sua melhor amiga.

Magali conhecia o namorado. Pelo semblante de Quim, ele estava inseguro quanto ao resultado final. Quando se aproxima de Carmem, ela o provoca:

– E aí, pequeno padeiro, o que você trouxe pra mim hoje, hein?

– Bolinhos de queijo *brie* com geleia de damasco – responde ele estendendo o prato para ela.

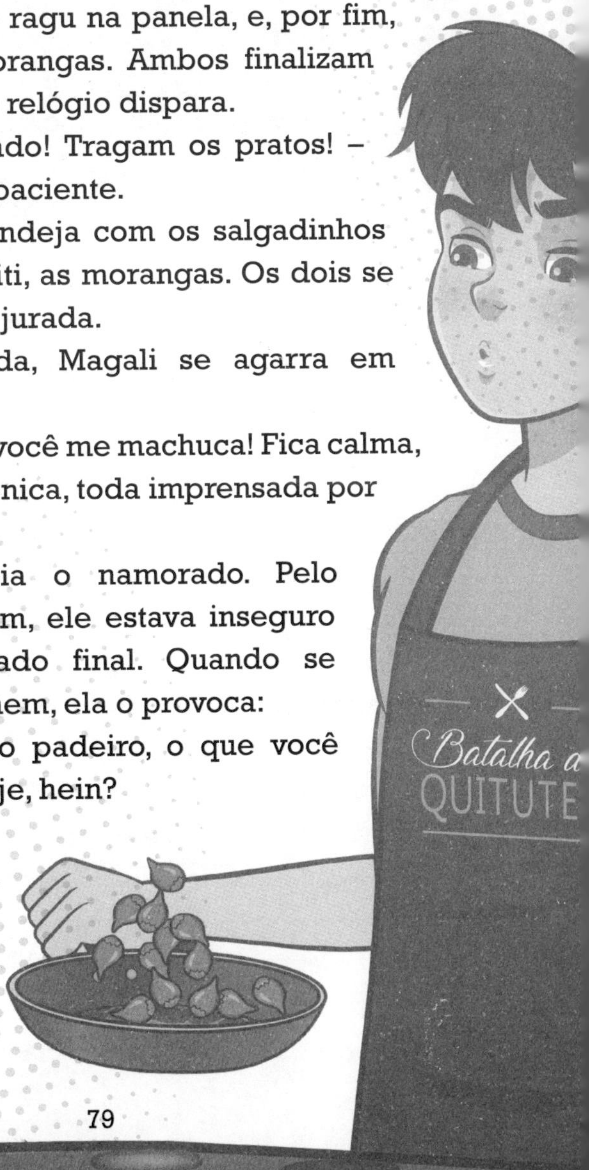

Carmem encara Quim com uma expressão misteriosa. Pega um dos bolinhos e leva à boca. Mastiga lentamente e faz suspense.

– Hum, hum, hum – balbucia ela enquanto prova. Por fim, tece seu comentário: – Está bem-feito. Equilibrado. Correto... Agora, vamos provar o do Titi.

Quim suspira aliviado, mas logo percebe o tom de entusiasmo quando a futura aniversariante pronuncia o nome do seu oponente. Parecia que independentemente do melhor sabor, Carmem já tinha um competidor preferido.

– É o seguinte: ragu de *shimeji* na minimoranga gratinada com tomilho e pimenta-biquinho orgânica. Pô! – diz Titi confiante, apresentando o prato, ao mesmo tempo que dá um passo à frente e o coloca diante de Carmem.

– Uau, que diferente. Será que é bom? – indaga ela, com um olhar de curiosidade. Ela leva à boca um pedaço da única minimoranga colocada no prato. Segundos depois, ergue os olhos e comenta:

– Hummm. Picante, docinha, ousada... Você ganhou um ponto!

Na arquibancada, a torcida de Titi vibra, enquanto Denise marca um ponto para ele no placar. Seus melhores amigos, Xaveco e Jeremias, levantam um cartaz com uma foto do competidor enquanto gritam seu nome.

– Titi! Titi! Titi! Titi!

Titi dá um sorriso de canto de boca para Quim. Magali e Mônica veem a cena e se entreolham.

– Calma, Magá. Ele ainda tem chance! – diz Mônica tentando tranquilizar a amiga.

Mônica sabia o quanto Magali era apaixonada pelo namorado e o tanto que torcia por ele. Mesmo exagerando um pouco, às vezes, Magali fazia de tudo para demonstrar como Quim era importante para ela.

Embora não tivesse um relacionamento **ainda**, Mônica de certa forma se inspirava na amiga pensando que um dia gostaria de namorar alguém a quem pudesse demonstrar o mesmo apoio que Magali dava para Quim. E também receber. Melhor ainda se esse alguém fosse também seu amigo, como Quim e Magali eram um para o outro.

Na quadra, a competição continua. Carmem lança para os cozinheiros um olhar desafiador. Denise, por sua vez, se aproxima dos dois com o microfone e anuncia com a voz estridente:

– Agora é o momento dos docinhos! Vocês têm dez minutos para finalizar seus pratos!

O temporizador dispara. Quim tira uma fôrma de dentro do forno com vários docinhos pré-prontos para serem recheados. Ele para um instante para refletir e pega alguns ingredientes para o recheio.

– *Pera*, eu tenho que ousar mais! – diz a si mesmo.

Ao notar a expressão dele e os ingredientes novos em cima do balcão, Magali percebe que o namorado não está fazendo a receita que tinha previsto e se desespera um pouco:

– Ai, minha nossa! Ele tá mudando de receita – diz ela, entrando em desespero.

– Você sabia o tempo todo o que ele ia preparar? – pergunta Mônica, surpresa.

– Claro, Mô. Ele me contou antes. Somos namorados, esqueceu? Namorados contam seus planos um para o outro.

Planos... Aquilo fez Mônica refletir: *Puxa, até que ter um namorado nessas horas não deve ser tão ruim... Como será poder contar nossos planos, compartilhar nossos medos e sonhos com alguém?* Percebendo que Mônica está avoada, Cebola, que está roendo as unhas de nervoso ao lado dela, a cutuca:

– Mô! Volta pra Terra. Tá vendo como o Quim está nervoso? Será que ele vai conseguir terminar a comida a tempo?

Na quadra, Quim pega algumas laranjas e duas latas de leite condensado. Com um olhar aflito e a testa escorrendo de suor, ele descasca as laranjas às pressas e as espreme para fazer suco. Em seguida, joga o líquido na batedeira com o leite condensado e bate. Então, com uma seringa, despeja a mistura dentro das balinhas de coco que já estavam prontas.

Titi, por sua vez, despeja chocolate derretido em uma fôrma. Ele faz tudo sem pressa alguma e agora só espera o chocolate endurecer.

O tempo passa e, quando ambos estão finalizando a apresentação do prato, Magali olha o temporizador ao lado de Carmem.

– Vai, Quim! Rápido – incentiva ela.

O temporizador chega a zero.

– Tempo esgotado! Podem trazer os doces – ordena Denise sorridente.

– Ufa! – diz Quim, aliviado.

O primeiro a apresentar o doce é Quim. Ele se aproxima e entrega o prato a Carmem, esperançoso. Ela olha para o prato e pergunta com espanto.

– O que é isto?

Quim limpa a garganta e faz uma pose solene.

– Bala de coco com recheio de musse de laranja, salpicado com cristais de hortelã.

Apesar da desconfiança, Carmem gosta do nome e come o docinho. Enquanto ela mastiga, fecha os olhos e parece saboreá-lo.

– Hummm. Que gostoso! Boa ideia. E que apresentação elegante – elogia.

Quim vibra olhando para Magali na plateia. Mônica percebe a troca de olhar dos dois.

Agora é a vez de Titi. O segundo competidor se aproxima com uma simples barra de chocolate na mão e a estende para Carmem.

– O que é isso?

– Chocolate.

– E o que mais? – pergunta ela, com uma cara feia.

– É só chocolate.

Essa já é minha!, pensa Quim, ao ver a decepção estampada no rosto da menina. O que ele não contava, porém, é que, no momento que Carmem leva a barra de chocolate à boca para mordê-la, ela simplesmente desaparece de suas mãos.

– Ué! O que você fez? – pergunta a Titi, que está parado bem à frente dela.

O garoto se aproxima com um ar misterioso, então leva uma de suas mãos até a orelha de Carmem e tira a barra de trás dela. Todos ficam impressionados.

– Oooohh! – exclama a plateia, incrédula.

Carmem fica boquiaberta.

– Genial! A apresentação foi demais! Empate! – sentencia ela.

– Ei! Como assim? Você nem provou! – diz Quim, indignado. – Isso aqui não é *show* de mágica, não – completa ele.

Denise ignora o comentário e anuncia qual será a etapa final da competição.

– Agora, vem a rodada decisiva. Quem marcar ponto, leva! Vocês vão ter uma hora pra preparar o prato mais importante: o bolo! Valendo! – avisa Denise, acionando outra vez o temporizador.

Titi não se faz de rogado e imediatamente separa os ingredientes e começa a trabalhar. Quim olha para ele. Então, tira o avental, deixa em cima da bancada e, cabisbaixo, caminha em direção à saída.

– Preciso tomar um ar – diz ele.

Quando assiste àquilo da arquibancada, Magali vai imediatamente atrás dele. Ela desce as escadas correndo e adentra o corredor do colégio. Então, vê Quim, sentado nos degraus, com o queixo apoiado sobre as mãos. Ele não parece nada bem.

– Quim? O que foi? – pergunta ela preocupada, se aproximando e sentando-se ao lado dele. – Você não vai fazer o bolo?

– Ah, Magá. Não adianta. Nem na cozinha eu consigo ser o melhor. O Titi sabe impressionar a Carmem. Eu... sou só o filho do padeiro.

Magali segura na mão dele.

– É por isso mesmo que você é o melhor. Você nasceu na cozinha.

– Mas eu não sei fazer comida chique.

– Então, volta a fazer o que você faz desde criança: a comida mais simples e deliciosa de todas – insiste ela carinhosamente.

Quim fica comovido com a fala de Magali e respira fundo ao questionar:

– Ah, mas o que eu vou fazer pra ela?

De repente, Quim fecha os olhos e, numa fração de segundos, passa um filme em sua cabeça. Uma menina com cachinhos dourados e olhos azuis é carregada para fora da padaria aos berros pelo pai. Por de trás do balcão repleto de pães, doces e bolos deliciosos, um menino de olhos arregalados e mãozinhas ainda sujas de farinha apoiadas no vidro observa a cena. A menina loirinha chora e grita desesperadamente uma única palavra: Paçoca!

– É isso! **Paçoca!** – exclama Quim, levantando-se todo animado.

– Você quis dizer Eureca? – pergunta Magali, sem entender muito bem.

– Paçoca! A Carmem adora paçoca! Eu lembro como ela chorava quando o pai não a deixava comprar. É isso, ela vai amar!

Quim sai correndo pelo corredor e volta para o ginásio. Ele veste o avental de cozinheiro outra vez e, com agilidade, reúne os ingredientes e começa a preparar um bolo de três camadas recheado com paçoca cremosa.

O tempo passa e os dois competidores se preparam para finalizar seus bolos. Magali, que tinha voltado logo atrás de Quim para o ginásio, observa da arquibancada o namorado terminar o bolo.

Quando o cronômetro marca os últimos dez segundos, Denise se aproxima da bancada e avisa:

– Gente, vai acabar o tempo...

A plateia começa a contagem regressiva:

– Dez... nove... oito... sete... seis... cinco... quatro... três... dois... um!

Soa o alarme. Titi e Quim levantam as mãos, sem poder fazer mais nenhum movimento. Carmem aponta para Titi vir primeiro e este sai empurrando um carrinho grande, coberto por um dossel.

– Uau! Que bolo enorme! – exclama a menina, claramente impressionada.

– É uma criação minha. Resolvi chamar de "Carmem Velvet".

Quando Titi arranca o tecido de cima do carrinho, todos ficam impressionados: era um bolo esculpido em tamanho real da Carmem deitada de lado sobre a mesa, como se fosse uma escultura grega. Carmem arregala os olhos. A plateia fica boquiaberta. Mônica repara que só Magali demonstra mais preocupação que admiração.

– Caraca! Como ele fez isso? – pergunta Cebola.

Com uma espátula, Titi corta uma fatia da "cintura" de Carmem e serve a menina. De longe, dá para ver o duplo recheio vermelho e suculento saindo daquela obra de arte. A plateia fica aguando.

– Espero que goste do recheio. É morango trufado – explica Titi estendendo-lhe um pedaço.

– Hummm... É bom – diz ela depois de provar.

Então, volta a contemplar a si mesma no bolo e completa: – E lindo. E brilhante. E magnífico! Parabéns, Titi. Você é o...

– Ei! E o meu bolo?! Você não vai nem provar? – interrompe Quim, antes que ela certamente declarasse Titi como o vencedor.

Carmem revira os olhos, mas assente:

– Traz aqui, vai.

Quim corta uma fatia e entrega a Carmem. É um bolo caseiro com três camadas e decoração simples. Embora sinta um pouco de desprezo pelo bolo, Carmem não pode deixar de perceber como parece delicioso.

– Do que é?

– Hã... surpresa – responde Quim, preferindo não revelar o sabor.

A menina leva um pedaço à boca e mastiga devagar. De repente, ela fica estática e arregala os olhos. O que estaria acontecendo? É o que todo mundo quer saber. Mesmo de perto, nem Denise nem Quim conseguem distinguir se ela está gostando ou não. A menina vai ficando cada vez mais pálida, os olhos começam a lacrimejar. Por poucos segundos, a reação dela permanece uma incógnita.

– E então? Gostou? – pergunta Quim, querendo acabar logo com aquela aflição. – Vai, Carmem, fala logo! Acho que ela tá emocionada – arrisca.

Confusa com a reação da amiga, Denise se aproxima da menina.

– O que foi, amiga? – nessa hora, Carmem começa a cair lentamente para trás, como uma árvore sendo derrubada. – CARMEM! Ela tá morrendo! O que você botou nesse bolo? – dispara Denise, olhando para Quim.

– Só paçoca cremosa – responde ele.

– Seu doido, ela é alérgica a amendoim!

– O quê?!

– OOOOHHHH! – exclama a plateia, ao ver Carmem estirada no chão.

A menina começa a inchar. Ela parece estar tendo um piripaque. Quim leva as mãos à cabeça, desesperado. Denise se levanta e grita.

– Alguém chama uma ambulância! – ordena ela, agachada e segurando a cabeça da amiga.

A ambulância chega rápido. Distraídos, os paramédicos põem o bolo em formato da Carmem no lugar dela na maca. Quando já estão entrando na ambulância, Denise percebe o erro e grita:

– Aonde vocês vão com esse bolo? A Carmem tá aqui, povo!

A essa altura, Magali e Quim escoram Carmem e a ajudam a caminhar até a ambulância. Sem graça, os paramédicos substituem o bolo pela Carmem real. Ela está vermelha e inchada e não consegue dizer uma palavra. Quando a ambulância dá a partida, Quim fica parado ao lado de Magali na calçada.

Ele está desconsolado.

– Agora, tudo fez sentido... Era por isso que o pai da Carmem não deixava ela comer paçoca. Como eu sou burro!

– Calma, Quim. A culpa não foi sua – diz Magali, para consolá-lo.

– Boa tentativa, Quim – diz Titi num tom cínico, ao se aproximar deles, enquanto observa a ambulância se afastando. – Mas parece que a gente já sabe quem é o grande vencedor.

Titi vira as costas e entra de novo na escola. Quim e Magali ficam ali mais um tempo em silêncio, como que tentando entender tudo aquilo que tinha acabado de acontecer.

Alguns dias depois, Carmem volta à escola. No intervalo da aula, ela e Denise lancham no pátio e Carmem aproveita para tomar a medicação para controlar a alergia alimentar provocada pelo amendoim. Denise até lhe oferece um chocolate zero açúcar, mas ela recusa.

– Hum, valeu, amiga. Acho que não quero comer mais nada na minha vida.

Ao ver a colega de volta, Quim vai até ela. Mesmo sem graça, ele se aproxima para se desculpar.

– Oi, Carmem. Que bom que você melhorou. Desculpa pela mancada, eu só queria fazer uma comida que você curtisse.

Com cara de brava, Carmem encara Quim sem dizer nada. Constrangido, ele abaixa a cabeça e faz menção de se afastar.

– Você ganhou – diz ela, finalmente.

– Ganhei o quê? – pergunta ele, confuso, virando--se outra vez.

– O concurso de comida, seu besta! Dane-se a competição. Eu quero que você faça os pratos da minha festa.

Quim balança a cabeça sem acreditar.

– Mas, Carmem, você quase...

– É. Eu sei. Mas sabe que eu adorei aquele bolo de paçoca? Estava bem mais gostoso que o do Titi.

– Tá falando sério?

– Claro. Acho que meus amigos vão gostar também. Até meus inimigos vão fazer fila pra provar o bolo que quase me matou – diz ela, esboçando um sorriso. – Bom trabalho – diz ela, por fim, dando um tapinha no ombro dele e se afastando.

Quim observa Carmem ir embora ainda sem acreditar. Magali, que aguardava um pouco mais longe os dois terminarem de conversar, se aproxima do namorado correndo e o abraça.

– *Êêê!* Parabéns, Quinzinho! Eu sabia que você ia ganhar! – diz ela, comemorando.

– Será que não é pegadinha? – pergunta ele com certa desconfiança.

– Claro que não! Você mandou muito bem! – diz Cebola, entrando na conversa com Mônica e Cascão.

– Estava na cara que o Quim é o melhor cozinheiro da Turma – elogia Mônica.

Quim dá um sorrisinho tímido, então fica subitamente preocupado.

– E o Titi? Será que ele não vai ficar chateado?

– Ah, ele não vai nem ligar! Já até achou um *hobby*

novo – afirma Magali, indicando com a cabeça o amigo do outro lado do pátio.

Quando Quim olha, Titi está serrando uma placa de madeira e é observado por três meninas admiradas por sua força.

– É, parece que na marcenaria dá pra ele mostrar mais os músculos – acrescenta Mônica, bem no momento em que Titi arregaça a manga exibindo os bíceps para as colegas.

Quando o sinal toca, a Turma começa a voltar para a sala de aula. Mônica observa quando Magali e Quim se abraçam, deixando o pátio juntos. Já Cascão sobe as escadas do prédio ao lado de Cascuda atualizando-a de tudo que tinha acontecido na competição. Marina e Franja, por sua vez, se divertem e riem de alguma coisa que Mônica não sabe o que é, mas que parece um assunto bastante divertido.

E ela? Bem, Mônica vai andando com tranquilidade bem no meio de Cebola e **Do Contra**, que sobem os degraus distraídos, sem dizer nada. O que será que aqueles dois estavam pensando? Ela nunca ia saber.

O fato é que, enquanto ela não tinha suas próprias respostas, deixava a vida acontecer e ia se divertindo com as histórias de cada um deles, ao mesmo tempo em que ia escrevendo a sua.

MILK SHAKESPEARE

MILK SHAKESPEARE

ESTA OBRA FOI IMPRESSA
EM FEVEREIRO DE 2022